U0538406

Makaketonay
to paloma'

蕉葉與樹的約定

Nakao Eki Pacidal —— 著

O pasiwali yo sadak si ko cidal

看東方旭日初升

Lomowad yo sato kako ano papacen to haw ina

破曉時分我將要啟程

Tona lomowad yo sato kako

我啟程之後

Ina, wama, salikaka mapolong

母親、父親、所有的兄弟姊妹們

Dipoteng to ko tireng namo

請照顧好你們自己

Aka to piharateng to tireng ako

不要想著我

編輯室報告

《蕉葉與樹的約定》是一部時代背景跨越現代與日治時期的小說。書中部分用詞，如「犬鬼灯」、「円」等為日文漢字，是作者有意的選擇：「犬鬼灯」是一種茄科植物，「円」同貨幣單位的「圓」。亦有部分較罕見的用詞，例如「製腦」，為製作樟腦之意。為了閱讀的流暢，也為了小說的語感，書中一律不加註解，謹在此做說明，並邀請讀者進入蕉葉與樹的世界。

目次
contents

一、盛夏的御影堂外　　7

二、花蓮港的陌生人　　17

三、從苦力到學生　　41

四、日光開始傾斜的時候　　59

五、踏上野球征途　　87

六、遠在他鄉的際遇　　143

七、回到最初的海灘　　199

八、東京歲月　　213

九、最後的消息　　249

十、大洋上的半月　　257

火塘夜色・趕路人的故事後記　　267

一、盛夏的御影堂外

各種不適逐漸淡去,現在他被一種難以形容的重量拉扯,好像高飛球落入等待的手套,被牢牢掌控。野球選手本身也有被接殺的時候嗎?他彷彿從五十公尺高處急速下墜,下方野手臉面不清,高舉手臂大張紅棕色手套,日光下亮得刺眼。墜入那既亮又暗的空間之前有人叫他,極熟悉的聲音,但他已經無法回應。

Kilang, Kilang...

他睜開眼睛。

映入眼簾的是壯觀的飛檐和厚重的青灰屋瓦,還有一株壯闊的銀杏樹,投下寬廣的蔭影。樹蔭外,深色地面被太陽炙烤滾燙,蒸騰熱氣微微扭曲眼前景物,他卻絲毫感受不到熱。

他面前坐著一個少年,雙手捧一塊石頭,正歪頭端詳,似乎對那石頭感到不解。

「キラン、サガアイアタルマ……」少年唸出石上刻字,「對,這應該是阿美語。Kilang, sangaay a taloma.」

最後這句話令他震驚。

「Cima kiso?!」他脫口問道。

不過眼前這少年好像看不見也聽不見他。

他起身繞著少年走了一圈。少年依舊沒注意到他。他環視周遭，認出這裡是西本願寺御影堂外。有人走過寬廣的銀杏樹蔭。

「すみません！そこの方！」他對那人大叫。

那人充耳不聞，在御影堂階梯前俯身脫鞋，就這樣進去了。

他再轉過頭來，那少年還盤腿坐在地上，口中喃喃自語。

「這人的名字和我一樣啊。」

他聽不懂少年的語言，但對剛剛那句話有所感應。

「你也叫做Kilang？」他問。

這次少年聽見他了，抬起頭來，和他對上目光，露出驚奇神色。

「嗯，我叫Kilang。」少年站起身，原來比他還高大，日語講得還可以。

「你是哪裡人？」他問，「奇怪的口音哪。」

「花蓮港。」

「臺灣哪裡？」

「臺灣。」

廣闊的海洋，險峻的山脈，小米與水稻的田野，還有田間畫界的檳榔樹。那鮮明形象與眼

有什麼東西隨這名字撲面襲來。

「花蓮港？」

8　　蕉葉與樹的約定

濱海夏日熱極了，但這門限以內清爽蔭涼。從門裡望出去，琉球松向草坪和鋪石小徑灑下細針，有個模糊人影佇立松下，正眺望前方無垠風景——蔚藍天空只有幾絲浮雲，山丘下的海灣反射日光，亮得難辨顏色，更遠方的洋面是一片寬廣的寶藍，絲綢波紋一般，在極遠處與天縫合。

其朗站在昏暗的門內空間，看著琉球松下的削瘦背影。那人身著藏青和服，淺色角帶，赤著雙腳，雙手收在袖內，這姿態格外突顯他寬硬的肩線。但他肩頭後背沒能承載樹影，松針細影穿透人形，落上青綠草地。這景象十分奇怪，就好像素描紙上的圖畫，結果每一道線條都從紙面洩漏出去，讓守著二維平面的觀者大驚失色。

因為那不是人影，而是鬼影。

兩天前，在京都西本願寺御影堂外，其朗發現一塊刻著假名的石頭，好奇唸出謎語般的那行字，就這樣喚醒與他同名的鬼魂。

鬼的名字是Kilang，還有日本名字青山嵐。鬼有一張線條剛毅的臉，還有一種桀驁不馴的態度，即使搜索枯腸想要記起生前，也給人睥睨一切的觀感。

鬼幾乎什麼也想不起來，只知道自己是來自花蓮港的野球選手。

一、盛夏的御影堂外

「我應該是中外野手。」鬼做了一個長傳動作，雖然只是擺個樣子，也顯得很有力量，

「後來生病了。突然生病，很快就死了。大概是昭和三年。」

「昭和三年？」其朗在手機上查詢，「昭和三年是一九二八年啊。」

「現在呢？」

「現在是二〇二八年，令和十年。」

「令和？」

「是德仁天皇的年號。德仁就是裕仁天皇的孫子。」

「不對。我記得有人答應過我，要帶我回家。」

「這是指骨灰嗎？」

鬼搖頭，「骨灰不是最重要的。必須有人走過我生前走過的路，我的心才能回家。」

「走過生前的路？心才能回家？」

其朗不太了解鬼的意思，但畢竟是他無意間喚醒這鬼魂，他感覺自己多少要負一些責任，於是答應帶著鬼依附的石頭回臺灣。反正鬼搭飛機應該不用機票。

「你要幫我找到家鄉。」鬼說，「為我走一趟我走過的路。」

「呃……」其朗有點後悔自己答應得太快，「好吧，我會盡力。」

他帶著石頭離開西本願寺，回到步行只要幾分鐘的高校宿舍。鬼一路跟著他，看到校門口

10

蕉葉與樹的約定

「龍谷大學附屬平安中學校及高等學校」的牌子，有些吃驚。

「平安中在這裡沒錯。」鬼喃喃自語，「但實在完全認不出來。這樣高的樓房啊……」

其朗回到寢室，把石頭收進簡便的手提行李，又不免遲疑。

「幽靈先生依附在石頭上嗎？」他回頭看鬼，「收在行李箱內會不會有影響？」

「叫我嵐就可以了。」

「啊，我冒犯了嗎？」其朗有點擔心。

「沒有，但你不用那麼客氣。」鬼回答，一邊在空間有限的單人寢室來回走動，抬頭看著牆壁和天花板。

其朗以目光追隨鬼的腳步。鬼的存在看來有些似是而非，好像氣體或液體構成的人形，有點透明又不真的透明，看來並不結實，但也絕不鬆散。鬼應該是觸碰不到的吧，他心想。雖然非常好奇，畢竟克制住這念頭，沒有伸手去摸。

鬼在房間裡繞了一圈，最後在書桌旁站定，抱著雙臂，低頭打量桌上的運動雜誌。據說戰前日本書籍用大量漢字，不知道鬼會不會覺得現在的雜誌很奇怪。

「這個，」鬼回過頭來，「你能幫我翻頁嗎？」

「翻頁？其朗走到桌邊，伸手出去又收回來。

「往下翻還是往回翻？」

鬼側頭看了他一眼，「當然是往下翻。」

一、盛夏的御影堂外　　11

他替鬼翻過一頁，鬼又繼續看雜誌。那是關於美國職棒某知名投手的分析文章，還有幾幅精細的素描圖解。

所以，他在心裡暗忖，鬼碰不到東西，才要我幫忙翻頁。

鬼認真讀完文章，沒說什麼，又轉向寢室向南的窗戶，望著無人的夏日校園發呆。

不對啊，其朗心想，如果鬼碰不到東西，為什麼能跟上三樓？

他想不透原因，決定直接詢問。這問題出口後，鬼回過頭來，狐疑的打量他。

「因為你拿著石頭啊。」鬼說。

「啊啊，」其朗恍然，「是啊沒錯。」

「你說你是野球留學生？這樣的頭腦真的能打球嗎？」

「我表現得不錯啊。」其朗抗議。

「你說是就是吧。」鬼不置可否，「你來日本多久了？」

「一年。」

「嗯，加油吧。」鬼又轉頭望向窗外。

鬼依附著石頭，只要移動石頭就能移動鬼。鬼不用吃喝睡眠，夜裡其朗睡覺，鬼就在窗邊眺望夜景。城市光害幾乎掩蓋一彎殘月，似乎令鬼感到不可思議。

「幽靈先生要獨自過一整夜，會不會太無聊呢？」其朗已經躺在床上，還是不大放心。

「沒關係吧。」鬼頭也不回，「我對時間沒什麼感覺。」

12　蕉葉與樹的約定

「那我就睡了。這房間就麻煩幽靈先生。」

「叫我嵐就好了。還有——我不替你看房間。如果有人闖進來,我可幫不上忙。」

這是其朗第一次在屋內有鬼的情況下入睡,不知何故睡得特別安穩。破曉時分他醒來,睜眼就看見鬼還像昨夜那樣站在窗邊,出神望著淺淺的天空。

兩天後他順利帶著鬼登上飛機。飛程中鬼一直若有所思在走道上來回遊蕩,有時隔著很遠對他說話,為了不被其他乘客目為神經病,他只好和鬼一起窩在機尾的無人空間,直到飛機開始下降才回座。

踏出美崙機場後,他沒有馬上回馬太鞍部落,先來到松園別館。眼前這情況令人不知所措,他想找個可靠的朋友商量。

他這個朋友,小薰,是他的國中同班同學。這麼奇怪的事只能找小薰商量了。小薰好奇心強,而且口風很緊,只要她同意保密,就絕對不會說出去。

他低頭看一下手機時間,快到相約的正午了。

再抬起頭,小薰正往這裡走來。她的牛仔褲裙好像荷葉波浪,和腦後馬尾一起隨步伐搖擺。她看見他了,舉手揮了兩下。他眼睜睜看著她穿過草坪上環抱雙臂正在沉思的鬼。

小薰走到他面前,舉高手中的塑膠袋,「珍珠奶茶。Okinawa的黑糖喔。」

其朗道謝接過冰涼的大杯奶茶,眼睛還看著門外。鬼依然抱著雙臂,一臉不滿轉身望來。

「她看不見嵐先生。」其朗解釋。

一、盛夏的御影堂外

「啊?」小薰跟著望向無人的庭院,又轉回來看他,「你幹麼說日語?」

「有人跟我一起回來。他只會說日語。」

「你們說什麼語言?」鬼問。

「中國語。」

「和飛機上的人一樣?」

「是。薰ちゃん不會日語。」

「Kaori chan?這是說我嗎?」小薰更加茫然。

「薰ちゃん,」鬼看著小薰叫喚,「聽得見嗎?看得見我嗎?」

小薰顯然聽見了。她循聲望去,逐漸在綠意盎然的庭院看到抱著雙臂的鬼影。

「他是鬼,名字跟我一樣,Kilang,我都叫他Ran san。」其朗解釋,「我就是為了他約你過來,想聽聽你的意見。」

「Ran san?真的是鬼嗎?」小薰睜大眼睛,突然伸手憑空一撈,想確認能否用手碰到鬼魂。

「薰ちゃん只是好奇,請別介意。」其朗看到鬼面露慍色,趕快打圓場,不過鬼已經轉身往一株琉球松走去,幾步後像輕煙一般淡出他們視線。

「哎呀他不見了!」小薰驚呼。

「他是鬼嘛,他不現身我們當然看不到。」其朗哭笑不得。

14

蕉葉與樹的約定

「他走了嗎？」

「沒有。他依附在一塊石頭上，一定在這石頭附近。」

其朗打開行李箱，拿出那塊石頭，向小薰說明前天西本願寺的「偶遇」。他們說話時有幾名遊客踏進松園。為了避免不相干的人聽到，他們躲到走廊邊角，在柱子後小聲交談。

事實上他們沒什麼可談，因為鬼沒能提供他們多少線索。鬼記得自己死於昭和三年，死時二十四歲，以此可以推算他生於明治三十七年，也就是一九〇四年。但鬼怎樣也想不起自己出身哪個部落。

「不過他自稱Pangcah。」其朗說，「大概只有花蓮的阿美族會自稱Pangcah。聽口音，應該是住在花東縱谷的，我們秀姑巒阿美這一系。但縱谷裡那麼多部落，總不能一個一個問吧。」

「至少縮小範圍了啊。」小薰眼睛一亮，「不如就從你們部落開始吧。」

幾名衣著端莊的日本遊客從屋內出來，邊說話邊點頭。

「沒想到這麼優雅的屋舍是為了徵兵而建的呢。」

「當年種的松樹都已經很老了啊。」

「雖然這麼熱，氣氛還是非常好，應該歸功於松樹吧。」

幾人走上草間小徑，轉往另一棟建築。鬼隱然浮現青綠草地，和日本遊客擦身而過，慢慢踱向其朗和小薰。

「他們說這裡是為徵兵而建？」鬼依然抱著雙臂。

一、盛夏的御影堂外　　15

「我不知道……」其朗望向小薰,「你知道這裡原來的用途嗎？Ran san在問。」

「知道啊。」小薰很高興貢獻所知,「這裡是日本時代花蓮港的軍事指揮中心,叫做花蓮港兵事部,昭和十八年建的。」

其朗把小薰的話翻譯成日語,鬼點點頭,「我離開花蓮港的時候,這裡好像沒蓋什麼東西。」

其朗轉身眺望遠方大洋,喃喃自語,「海面也和以前不一樣。竟然有那樣長遠的堤防啊。」

其朗和小薰靠在廊拱邊緣,啜飲冰涼的珍珠奶茶,看著鬼若有所思的背影。日光灑落鬼站立的青綠草地,彷彿黃金融化於熱烈空氣,流光順著草葉弧度滑下,亮得讓人睜不開眼。

其朗側頭躲避那刺目光亮。

再回過頭來,小薰已經放下珍珠奶茶,從背包拿出記事本,用鉛筆不知道寫什麼。他越過她肩頭看去。

2028.07.16（日）

其朗帶鬼回花蓮。鬼和其朗同名,日本名青山嵐。我們要幫他找到回家的路。

二、花蓮港的陌生人

美男子梅野先生

對許多日本人來說，花蓮港可能只有名字美麗，其餘都教人承受不起。氣候太過溼熱，森林太過濃密，山脈太過陡峭，縱谷太過深長，還有蕃人與野獸肆虐，更別提地震和颱風。賀田組早在明治三十二年便獲得總督府許可來此墾殖，栽種甘蔗、薄荷、菸草，此外兼營製腦，但沒有耕耘出原本想像的榮景，反而因為工資糾紛招來太魯閣蕃人報復，包括花蓮港支廳長及幕僚和賀田組人員在內，竟有二十五名日本人遭馘首，在當時是極其戰慄的事件，最終促使賀田組放棄已經投入十年心血的危險地帶，轉往南方的璞石閣繼續樟腦事業。

這個故事開始於賀田組重心南移後十年。那時花蓮港局勢與以前大不相同，主要是故總督佐久間左馬太的功勞。他以陸軍大將出任臺灣總督，果然在理蕃事業上有所作為，七十歲高齡率軍親征，壓迫太魯閣諸社繳械歸順。他在一場戰役中遭突襲滾落懸崖，負傷送回日本醫治，隔年他病逝仙台的消息傳來，人們都說，恐怕還是那次受傷的影響。

「畢竟是七十歲的老人，親上前線實在太過危險了。」

「他曾領軍攻打牡丹社，向來這樣驍勇的。」

「那是四十年前的事了啊！」

「說得也是，總督閣下也實在任性呢。」

太魯閣戰爭過後，一切逐漸回到常軌，到了大正九年的這個時候，在七腳川蕃人土地建立起來的吉野移民村已然發展完備，有居民超過一千五百人，耕種水田與旱田，還有果樹與菜蔬，除了天候溼熱，乍看與日本內地農村幾無二致。再往北邊，花蓮港街稱不上繁榮，但隨著戰事遠去，實業家們又活躍起來。新年過後，一張生面孔出現在花蓮港，立刻引起當地人注意。

這人年約四十歲，容貌端正，唇上蓄著漂亮的髭鬚，身材削瘦，身著西式黑禮服，格外顯得脊背挺直。他頭戴黑色禮帽，脅下夾著黑色手杖，黑色皮鞋踩過夜露溼溼的塵土地，走進一棟華麗的木造建築。那屋子有厚重的曼薩式斜頂，覆以銅製魚鱗瓦，頂樓正面嵌有風格別具的虎眼窗，沿道路展開的兩翼以鑄鐵裝飾廊柱，原本是賀田組的總部，現已由代理大阪商船的朝日組承接。

消息很快就傳開了。那陌生客名叫梅野清太，才從基隆重砲兵大隊退伍的中尉軍官，被朝日組延攬負責此地的墾殖事業。據說他有意在街上尋找合適地點新建家屋，在那之前暫且住在朝日組總部樓上，由朝日組僱用的一名蕃人照顧飲食起居。

這幫傭生蕃年僅十五歲，名字叫做莎莎，來自谷地裡的馬太鞍社，去年與其他十數名生蕃

同受網羅來到花蓮港，男性在海濱的艀船組工作，女性被分配到不同的日本家庭或機構。

「莎莎？這名字多麼奇怪。」初見時梅野這麼說。

莎莎有一張月亮般的圓臉，還帶著相當的孩子氣，一聽梅野這麼說，立刻惶恐起來。

「很抱歉⋯⋯不過我⋯⋯」

「你不用緊張。」梅野一笑，「我只是不習慣這樣的名字。」

他推開通往陽臺的門。畢竟是南方島嶼，從二樓望出去，冬天依舊一片綠意，也隱約能感受海的氣息。

「以後我叫你春子吧。」梅野說，「現在真是非常期待春天降臨呢。」

「是的，梅野先生。」莎莎在他背後鞠躬。

梅野很滿意莎莎的表現。她會做好吃的飯糰，熱食也處理得恰到好處。他自認有點潔癖，但莎莎總能把他住的二樓側翼空間打掃得纖塵不染，乾淨程度讓他自嘆不如。她非常勤快，必要不說話，影子一般在背景裡默默工作。每天晚餐過後，她完成一日工作，會詢問梅野是否還有其他吩咐，沒有的話就退到二樓角落的小房間，那裡面堆滿雜物，另外放了一張小木床，就是她夜裡棲身之處。

梅野來到花蓮港一個月後，某天晚上，莎莎膽怯的提出要求，希望中午能去海濱看望兩個哥哥。

那天正逢滿月，梅野在陽臺上眺望月夜的花蓮港街，聽到莎莎問話，頭也不回。

二、花蓮港的陌生人

「哦,你兩個哥哥也在這裡工作?想去就去吧,只要該做的工作白天能做完就好。」

「謝謝,謝謝梅野先生。」莎莎道謝連連,「那麼能不能……呃……」

「怎麼啦?」梅野回過頭來,這才發覺莎莎捏著手指,身體微微發抖。

「你很冷嗎?冷就去穿衣服。」

「我不冷,只是……」

「怎麼了?」梅野有點困惑。

「能不能從我的伙食裡分出一些米飯?這裡的飯很好,我想給哥哥做飯糰送去……。」

莎莎越說聲音越低,梅野這才反應過來,她是出於緊張害怕而發抖。

「你哥哥在艀船組?那邊的伙食不好嗎?」

「好,好,非常好。」莎莎慌忙回答,「只是沒有這裡的好。」

「你只是想送飯糰給哥哥?那為什麼這麼緊張?」

「我怕被打……」

梅野皺起眉頭,「之前有人打你?誰?」

「沒有沒有……我沒有被打過。」莎莎又慌忙否認。

不過梅野並不相信。要是沒被打過,不可能害怕成這樣。他並不反對適當體罰,卻不能苟同對這樣一個乖巧少女動手。

「明天起,你多做兩人份的飯糰,中午給你哥哥送去。這不需要從你的伙食裡扣。不過一

天兩人份的午餐，我幫你出吧。明天我會告訴辦理庶務的大村。」

莎莎張大了嘴，驚訝得說不出話來，片刻後才回神，連連鞠躬，一路道謝著告退出去。

隔天上午，梅野找到庶務組的大村，交代從今天起要多一人份兩餐的米。

「春子飯糰做得很好，我讓她每天多做兩人份量，送去官舍給宇野先生。這筆帳算在我個人身上。」

梅野懷疑可能是大村毆打莎莎，因此沒有說明內情，只是捏造一個無法求證的藉口。他這麼說，大村便自作聰明，認為他送禮給花蓮港廳長宇野英種，必然是為了與官方打好關係。

「不過，」大村提醒，「臺北那邊有風聲，總督可能將他撤職。」

「等他被撤職再說。就算他被撤職，也會有新的廳長，我還是繼續送禮。」

大村所謂的「風聲」果然不錯。又過了兩個月，春暖花開時候，臺北傳來消息，宇野被去年秋天新上任的總督田健治郎免職了。

免職的理由很容易想像——宇野是警察官吏出身，又有苗栗、新竹的理蕃經驗，花蓮港廳任內卻發生多起凶蕃殺警事件，可算丟盡警察臉面。

此外梅野還有一層解讀。

「田氏是首位以文官出任的臺灣總督，以他在遞信省多年的經驗，來到臺灣勢必求取建設成果，怎麼可能縱容這種衝突？我猜他會派軍人接手花蓮港廳。」

朝日組談論花蓮港廳廳長人選的時候，莎莎在二樓餐桌上布妥梅野的午飯，然後把準備好

二、花蓮港的陌生人　　　21

的飯糰收進竹籃，用一塊青布蓋著，匆匆離開朝日組，奔向東邊的海灘。

三月下旬的陽光和煦明亮，但不過分溫暖，淺色沙灘擺脫陰雨溼冷，現在吸滿日光。朝日組的數十名蕃人苦力正在海上忙碌。每月往來基隆與高雄的汽船在遠方水深處拋錨，十數名蕃人正划著幾艘舺舨船前往接駁，要將船上貨物搬上舺舨，還有蕃人在水淺處等著幫忙拉縴。

莎莎站在沙灘邊緣眺望。一組人正吃力拉著一艘舺舨船往上走，與她同鄉的樹和蕉葉也在其中。他們和其他苦力一樣，理著極短的平頭，短衣赤腳，時不時被海水拍上後背，有時浪花濺上臉面。

樹和蕉葉就是她向梅野提起的「兩個哥哥」，三人都來自谷地南方的馬太鞍社。事實上他們並不是日本人所理解的同胞手足，但按照蕃人習俗稱為兄妹並不為過。他們從小就特別合得來，在舺舨船當苦力的馬太鞍人不止樹和蕉葉，但莎莎最關心他們兩人。

第一艘舺舨船拉上岸後，樹和蕉葉又將貨物一一搬上通往花蓮港街的鐵道貨車。莎莎知道他們已經看見她了，但她不敢靠近。她曾經因為多走了幾步，差點被舺舨組的工頭鞭打中，慌忙跑開同時瞥見樹一臉怒意，就要扔下工作趕來，還好蕉葉即時拉住，才沒釀出事端。

「那隻狗！」後來樹在背後罵那工頭。

樹很容易生氣，莎莎希望他不要那麼衝動，但他略顯剛硬的容貌會在生氣時奇妙的柔和下來，總讓她會心微笑。她知道蕉葉和她有同感。蕉葉比樹小幾個月，卻比樹穩重許多，每次看到樹為了不值得的事情生氣，只能搖頭苦笑，但那笑容裡又有一種理解與珍惜。

她在沙灘邊緣等了約一刻鐘，總算輪到樹和蕉葉這組人休息。她小心翼翼上前，生怕惡意工頭又來尋釁，尤其擔心那傢伙找樹和蕉葉的麻煩。她曾親眼目睹一個七腳川來的苦力遭鞭打，滿頭滿身都是血，又被扔入海中工作，傷口浸泡海水苦不堪言，只能咬牙硬撐。她聽蕉葉說，那苦力當晚發起高燒，天亮前就死了，從症狀看來，想必是毒血症無疑。

她向樹和蕉葉揮手。蕉葉揮手回應，樹沒有打招呼，直直朝她走過來。

「莎莎！今天也有飯糰給我嗎？」

「今天只有蕉葉的飯糰。」她笑著。

樹不理會這玩笑，大剌剌向她伸手，「快點，我好餓。」

蕉葉抹去臉上海水，一邊窺看籃內，「今天還有梅干呢？我最喜歡微酸的滋味。」

「我不喜歡。梅干給你好了。」樹說，「我好想吃苦苦的犬鬼灯湯啊。」

莎莎認得樹這種懶洋洋的態度，其實是他撒嬌的方式。

「好嘛，我去採。」她雙腳踢著沙，「明天帶來給你們，但你們得自己煮。」

沙灘靠近鐵道一側散落幾個空木箱，三人就坐在那裡吃簡單的午餐，從一個陳舊的水壺喝水。日麗風和的此刻，海上空氣似乎也不那麼腥鹹。

莎莎把朝日組總部聽來的消息告訴兩個少年。

「聽說新總督可能規畫建設花蓮港呢。」

樹無所謂的聳肩。他認為這消息對花蓮港政商界來說或許重要，但與生蕃苦力根本不相

二、花蓮港的陌生人　　　　　　　　　　　　　　23

干。反正不論誰當廳長，都無助於改善他們的生活。朝日組壟斷花東谷地，其他會社根本無法在谷地招募人力。壟斷的結果不言可喻，那死於毒血症的苦力就是例證。

蕉葉卻眼睛一亮，「築港是此地所有日本人共同的願望吧。若真獲得新任總督支持，朝日組加入，我們就可以參加工程了。」他說話時一不小心，一小團醋飯從嘴角滾落沙灘，他伸手拾起，連沾上的沙粒一口吞下。

「就算那樣，對待我們一定還是那麼差勁。」樹輕哼一聲。

鐵道另一邊，朝日組港口事務所前的瞭望臺上有人大叫「前田」，就是那手持鞭子在海灘閒逛的工頭，現在聽到叫喚，慢吞吞往事務所走去。

「哼，希望他們解雇這傢伙！」樹說。

「不太可能。」蕉葉搖頭，「這傢伙做事糟糕，還經常喝醉，也沒見他被責問懲罰。」

苦力再度上工時，前田沒有出現在沙灘上，傍晚收工時也沒見到他，卻有一個陌生人站在鐵道邊，看苦力三兩成群往工寮走去。那人身著淺色工作服和長靴，短髮梳理得很整齊，圓臉顯得憨厚，笑容可掬，很給人好感。

晚餐時那人也出現在苦力群中，和大家一起鳩肉喝味噌湯，自我介紹叫做李阿貴，是新來的艀船組工頭。

「前田那傢伙被開除了嗎？」眾人七嘴八舌的問。

「不清楚呢。」李阿貴笑著，「總之明天起艀船組就由我負責了。請多指教。」

24

蕉葉與樹的約定

「哼,說不定只是表面和善,明天一樣拿起鞭子。」有人以邦查語說,是樹和蕉葉的同鄉,比他們大幾歲的山,也曾被前田拿鞭子抽過。

「我監工不需要鞭子。」李阿貴竟然聽懂了,並以還算流利的邦查語回答。

出乎眾人意料,李阿貴竟然聽懂了,並以還算流利的邦查語回答。

「你怎麼會我們的話?」樹問。

「在臺東工作時學的。」

「難怪有那種奇怪的口音,嗨搔嗨搔的。」蕉葉以輕微挖苦試探新工頭的性情。

「是啊。」李阿貴笑著抓抓後腦,「以後有機會學你們的口音了。」

那天晚上是樹和蕉葉加入朝日組近一年來,第一次和工頭一起漫步海灘,看半月從海面升起。

「離滿月還有七八天呢。」李阿貴俯身拾起鐵道邊緣一塊石頭,振臂向大海擲去。灰色石塊化為一道黑影,挾破空之聲飛入遠處沙中。更遠處是入夜後的浪潮,忽近忽遠。李阿貴身材普通,看來並不壯碩,不想齊力強勁,讓樹刮目相看。他選了一塊差不多大小的石頭,學李阿貴的姿勢用力向前猛擲。就著半月光亮看去,石塊似乎飛得更遠一些。

「你很強壯啊。」李阿貴佩服的說。

「不然怎麼會在這裡當苦力呢。」樹將雙臂抱在腦後,繼續走向北方。

他們結束散步返回工寮時,半月已經升得很高,在寬闊洋面灑下一片搖曳金光。初春夜景

二、花蓮港的陌生人　　25

極其溫暖,樹感覺那光彩耀目的波浪也在他胸中迴盪。

若是能和莎莎一起看這夜景該有多好呢。

非常早的清晨,透過窗簾照入的日光還很低微,有什麼聲音沿著屋梁與牆壁傳來,那不是屋外的噪音,打斷梅野的睡眠。他將臉半埋進枕頭,想忽略那擾人聲響,卻慢慢醒悟過來,那不是屋外的噪音,而是屋內的動靜。他睜開眼睛,望向昏暗的天花板。聽覺與視覺同時清晰起來。

「你還不承認!」男人厲聲斥責。

「我沒有……我沒有……」女子嗚咽著。

梅野跳下床,穿上浴衣,腰帶隨便一紮,穿上草屐出去。

大村站在樓梯口,正拿藤條責打倒在樓梯上的莎莎。

「大村,做什麼?」他低聲喝止。

「啊,梅野先生。」大村轉過來,「我教訓春子。她偷東西。」

梅野看了一眼縮在樓梯上的莎莎,「偷什麼?」

「我發現她沒送飯糰去官舍,卻拿到舻船組去。想來她這樣做已有一段時間了。」

「你怎麼知道她這麼做已有一段時間?」梅野環抱手臂,雙手收進袖內。

「我經常看到她中午往海灘跑。」

「春子，你把飯糰送去艀船組嗎？」他轉向莎莎，溫和的問，「我記得你有兩個哥哥在那裡工作，是不是把飯糰給他們了？」

「啊……」莎莎不知所措，根本答不上來。

「送就送了吧。」梅野一笑，又正色轉向大村，「反正宇野先生要離開花蓮港了。已經分配好的米不要浪費，就讓春子做成飯糰送去給哥哥。這不是什麼大事，何必大驚小怪？」

「不教訓的話，會養成她偷東西的習慣哪。」大村不以為然。

「從今天起，春子不歸你管了。我一套你一套，恐怕她無所適從。」

「啊？」

「還有，懲罰是有方法的，像你這樣胡亂打人，根本不能收到教育的效果。艀船組的前田就是這樣，昨天已經被撤換了，由一個本島人李阿貴接替。他知道怎麼與蕃人相處，你可以去向他學習。或者我可以讓別人來管理僕役。你自己選擇吧。」

話是這麼說，梅野不等大村回答，轉頭就走，回到房間一看，原來才剛過五點。

「大村這傢伙，這麼早跑來做什麼？」梅野思索，「就算昨天發現春子拿飯糰去艀船組，也不必這麼早過來吧。看來他知道我會阻攔他打人，才趕在我起床之前來動手。」

他到花蓮港這段時間，一直在細心觀察眾人，昨天遣退前田只是第一步。不過大村的整體工作表現不差，他決定再觀察一段時間，只要不再胡亂打人，大村還是可以安穩做他的庶務管理。

二、花蓮港的陌生人　　27

被大村這麼一鬧，他睡意全無，乾脆提早更衣盥洗，整頓好了踏進餐廳，桌上空無一物。

他想告訴莎莎要提早吃飯，四下卻找不到人。

「啊，大概在房間吧。」他自語著，走到二樓邊角的儲藏間，從門上鑲嵌的玻璃望進去，莎莎把一個裝水的臉盆放在雜物堆上，用一條毛巾就著水盆洗臉，然後坐到床沿，稍微掀起衣服，用溼毛巾擦洗手腿。為了工作方便，她總穿著短衣，露出半截小腿，卻是梅野第一次注意到。她的腿健康結實，古銅膚色令人聯想日光下起伏的稻浪，生氣勃勃，但腿肚上有多條鮮明血痕，十分刺眼。

那顯然是剛才被大村拿藤條毆打留下的。梅野本來已經舉起手要敲門，現在又放了下來。

他回到房間，坐在窗邊看書，直到莎莎來敲門，請他去吃早餐。

和平時一樣，餐桌上有白飯、醃蘿蔔、烤鯖魚、玉子燒和味噌湯。梅野坐下後，將那碟玉子燒推向桌沿。

「大清早就被大村吵醒，現在已經沒什麼胃口了。這玉子燒你拿去吧。」

「啊？」莎莎睜大了眼睛。

「你拿去吃吧。」梅野拿起筷子。

「我能不能拿給我哥哥？」莎莎怯生生的問。

「艀船組吃得這麼差嗎？我得過去看看。」梅野已經夾了一小塊鯖魚，正端起白飯，聽她這麼問，又放下碗筷。

「不不不,不差……」莎莎又忙著否認。

「不差的話,我過去看看也沒關係吧。」梅野微笑,「玉子燒拿去。你自己吃或給哥哥都隨便你。」

莎莎捧起碟子告退出去,梅野眼角一瞥她小腿肚上的血痕。

「你的腿怎麼了?」他裝作漫不經心的問。

「啊?」莎莎回過頭來,又低頭看著自己小腿,「大概是……摘野菜的時候被草割的。」

「摘野菜?」

「是,我們常吃的犬鬼灯。」

「犬鬼灯?那東西好吃嗎?」

「煮成湯,我們認為很好吃。」

梅野好奇起來,「那你摘一些煮給我吃。小心不要被草割傷了。」

莎莎很不好意思,漲紅了臉低聲答應,捧著玉子燒出去。

中午過後,梅野抽空去艀船組探視,向李阿貴確認苦力的伙食,得知早晚都有味噌湯,晚餐有鳩肉和蘿蔔,每天也有一定量的白飯。

「話是這麼說,但他們都才十幾二十歲,正是吃飯最多的時候,再給他們多加一些白飯吧。若不吃飽,也沒有力氣做粗重工作。」

他不知道莎莎的哥哥是哪兩個,也沒有問,只是和李阿貴一起在事務所前觀看苦力工作。

二、花蓮港的陌生人　　29

一群人正在鐵道邊忙碌搬運貨物。即使隔著一段距離，也能看出其中有些人身材高大。

「這樣的身材，還是多給他們一些白飯吧。」

「嗯，」梅野點點頭，又重複一遍之前的話，「這樣的身材，還是多給他們一些白飯吧。」

梅野和李阿貴說話的時候，鐵道邊的苦力也注意到事務所前出現陌生人。

「喂，那個男人是誰？」山問，用手悄悄比了一下。

樹把一個沉重箱子放上貨車，回頭望向山指的方向。李阿貴身旁站著一個中年男子，西服革履，頭戴氈帽，濃眉大眼還蓄著髭鬚，顯得很風雅。

「大概是梅野先生吧。」蕉葉說，「聽說是個美男子。」

「美男子？」樹多看了梅野兩眼，「這樣就是個美男子嗎？」

「哈，別不服氣嘛。」蕉葉在他肩上拍了一下，又俯身去搬另一個箱子。

那天晚上李阿貴告訴他們，梅野先生要給他們增添每日的白飯。

「今天煮了特別多飯，你們盡量吃。」李阿貴指著飯桶，「以後就按照你們今晚吃飽的量來煮。」

「所以下午那個美男子果然是梅野先生嗎？」蕉葉問。

「美男子？」李阿貴呆了一下，然後笑起來，「確實啊，梅野先生真是英俊呢，長崎口音非常豪爽。」

樹獨自坐在角落吃飯配鳩肉，抬眼看著議論梅野的眾人。

之前莎莎說過，梅野替她出了米的錢，他和蕉葉才每天中午有多的飯糰可吃。今天她又帶來玉子燒，說是梅野給的。照理說，他應該感謝梅野好心慷慨，但不知怎麼的，看到梅野本人後，他卻渾身不自在。

莎莎每天照顧的就是那個男人啊。

那時剛過春分，一天一天溫暖起來，路邊的鬼針草開滿白花。然後消息傳來，總督田健治郎將巡視花蓮港，預計四月二十日乘長春丸來到。長春丸是大阪商船會社的船，也由朝日組代理，艀船組的苦力們從水手有所聽聞，幾乎和朝日組總部眾人獲悉消息同時。

四月是春雨的季節，但比起一年裡其他時候，確實是造訪花蓮港的最佳時機。四月中下著連續的大雨，卻在總督到訪前一日奇蹟般的放晴，上午八點長春丸抵達時，海面風平浪靜，下錨後總督一行人改搭小船，苦力們在水淺處等待，趁著潮湧將小船拉上沙灘。

樹和蕉葉在鐵道邊緣搬運貨物，遠望上岸的一行人。那當中有一名灰髮長者，大概六十多歲，前額略禿，薄薄的頭髮梳理得很整齊，留著莊嚴的八字鬍，面容也很肅穆，下船時一身正裝絲毫不亂。那就是總督田健治郎了。他見到即將離任的花蓮港廳長宇野英種帶人前來迎接，立刻露出笑容，停步和大家說話，彷彿沒有免職那回事。

「啊，你看，」蕉葉在樹背後說，「梅野先生也在呢。」

確實，梅野身著深色西裝，臉上掛著禮貌的微笑，站在禿頭又凸眼的宇野身邊，顯得格外漂亮。宇野將他介紹給總督，又指向沙灘和鐵道邊的苦力，大概在說明朝日組的工作。不久後

一行人進了海岸驛，搭小列車前往花蓮港驛。

中午莎莎如常帶著飯糰過來，也帶來朝日組總部的小道消息。

「聽說，宇野先生被免職後就很保守，但還是答應梅野先生，儘量向總督說明築港的重要性。」

「反正對我們沒有影響。」樹對這話題始終不感興趣。

這天夜裡，莎莎整頓好一切，正打算回到儲藏間就寢，有人穿過黑暗走來。草屐踩在樓板上，發出穩而不重的聲響。

這天是新月之夜，窗外沒有光亮，整棟屋子只有莎莎手中一點蠟燭微光。她看不清暗處的人，睜大了眼睛。

「春子。」黑暗中的人說話了，「不知道為什麼，我有點餓，想吃點東西。」

「是梅野先生！」莎莎鬆了一口氣，連忙舉高手中蠟燭。梅野身著簡便的深色浴衣，站在光亮邊緣。

「梅野先生想吃什麼？廚房裡還有雞蛋。」

「不用雞蛋。」梅野想了一下，「我想喝湯，但每天都喝味噌湯，已經有點膩了。」

「突然間要拿什麼煮湯呢？」

「對了，之前我要你煮你們的犬鬼灯湯給我，你一直沒有煮。」

「我以為梅野先生只是開玩笑。」莎莎眨著眼睛，「現在煮嗎？我今天沒有採呢。」

「你平常在哪裡採?」

「花崗山。」

「很近啊。不然現在去採吧。」

「現在?」

「需要採很多才能煮湯嗎?」

「兩把就夠了。」

「不拿蠟燭出去。」

莎莎連忙拿來竹籃,趕上梅野腳步,「可是,風可能會吹熄蠟燭。」

梅野拿走她手中蠟燭,轉身走向樓梯,「走吧,我跟你一起去採。」

梅野在一樓點上玻璃煤油燈,帶莎莎踏出朝日組總部,就著燈光走向花崗山。

「似乎要變天了。」莎莎邊走邊仰頭看著黑沉天空。

「我看不出來。」梅野抬頭一看,天空和周遭一樣黑暗扁平,沒有視覺深度。

「我感覺得到。」莎莎嗅了一下,「我們動作要快一點。」

花崗山腳下就有犬鬼灯,他們匆忙採了幾把,趕在下雨前回到屋內。

「你感覺好準。」梅野提油燈跟到廚房,看莎莎洗菜煮湯,窗外果然下起大雨。

「但是,」莎莎有點擔心的回頭看他,「也許梅野先生不喜歡犬鬼灯湯。」

梅野一笑,「不喜歡也無所謂,之後不吃就好了。」

二、花蓮港的陌生人

莎莎抱著擔心煮好犬鬼灯湯，沒想到梅野頗為讚賞這苦澀味道。

「怎麼說呢，」梅野站在門邊，端著碗喝了兩口，「好像因為苦味感覺格外清爽。」

梅野連喝兩碗湯，吃了不少犬鬼灯，滿足的放下碗，卻突然嘆了一口氣。

「梅野先生又覺得不好了嗎？」莎莎小心的問。

「啊不，犬鬼灯湯很好。只是突然想起白天的事。」

「白天？」

「總督說築港很重要，但現在辦不到。可是，一天不築港，就一天無法發展……」梅野突然醒悟自己找錯對象傾吐，連忙將話打住。

窗外雨勢有如海潮，清涼雨絲透過長窗飄來。兩人吃完一鍋犬鬼灯湯，莎莎開始清洗鍋碗，梅野把煤油燈放在她背後的桌上。

「這個燈給你，明天交還大村，就說是我要你幫忙還的。」

莎莎又像往常一樣連連道謝。他轉身走了，走入燈光不及的暗處，又回過頭來。

「春子，」他看著廚房裡被照亮的身影，「我吃得很飽，明天早餐不需要那麼多。玉子燒你拿去給哥哥吧。」

大雨催人好眠。他回到房間後不久就睡著了。

不遠處的花蓮港廳官舍裡，六十五歲的臺灣總督田氏還在燈下一絲不苟的寫日記。

今天他對梅野等人的開港建議持保留態度，但這不表示他認為花蓮築港沒有必要。此行搭

乘長春丸從蘇澳到花蓮，他深切體會目前靠人力拉縴的方式無法長久下去，但受限於經費和人力，不得不將計畫留待來日。

花蓮港、臺東二廳下，我領臺前概委番人蟠踞。近年雖拓殖維勉，海陸交通之不便，瘴疾及恙蟲害等與蕃人跳梁，多阻害移民之來住，為之感勞力之不足。今尚不免荒寥之觀，交通之開發真為此方面緊急之要務。

他寫完這段話，放下鋼筆，思索起來。

去除蕃害是第一要務，他必須儘早確定由誰接替宇野。很明顯的，總督府理蕃課長江口良三郎是最佳人選，他參加太魯閣戰爭有功，比其他人更能震懾未歸順凶蕃，雖說留在臺北也很有用，花蓮港才是他大展長才之處。五十歲的年紀從事這工作，也不至於力不從心。

就這麼定案吧，他心想，回到臺北就發布人事命令。

更衣就寢之前，他走到窗邊眺望，花蓮港一片黑沉，彷彿淹沒於暗夜的大洋，只有大雨聲實實在在透窗而來。

二、花蓮港的陌生人

新任花蓮港廳長

五月，花蓮港幾乎日日被雨霧籠罩。新任廳長江口良三郎在大雨中乘船來到，風浪一度大到接替的小船無法航行，大費周章才接到人。

江口外貌並不起眼，但小平頭和挺直的腰板讓人清楚意識到他出身軍旅。他沒有立刻進海岸驛搭車，卻在海灘上觀看苦力們冒雨工作，一個前來迎接的人員從旁替他撐傘。許多人的雨傘靠在一起，好像長雨沙灘上突兀冒出的菇簇，每一朵都黑沉沉的。

「總督說，阿美蕃是所有蕃人當中最溫順的。這些苦力都是阿美蕃吧？」江口問。

「是的。」離任廳長宇野回答，同時指向身旁的梅野，「都是朝日組網羅來的。這位就是朝日組社長，梅野氏。」

江口點頭，「我聽總督說，這港口靠人力實在不行，雖然朝日組並不缺人力。」

「總督的意思是？」梅野問。

「現在還不是談論那些的時候。」江口搖頭，「走吧，這樣的大雨，還是趕快到官舍才好。」

江口到任後數日，宇野英種上船離開花蓮港，要經由蘇澳轉往臺北。看他在大雨中登船的模樣，似乎很高興離開此地。

「我當然高興了。」宇野笑著對前來送行的梅野說，「此地太過複雜，我實在無法處理，

「宇野先生真想得開。」

「上回你們說，要組織廳和朝日的野球隊來比賽，只可惜我無法參與了。」

「在臺北應該有打不完的球吧。」梅野笑著。

宇野就這樣告別花蓮港，不過他們談論的野球比賽暫時沒有著落，因為江口銜命而來，立刻投入總督交代的工作，在深山裡和「未歸順凶蕃」慘酷爭鬥。朝日組的苦力對深山戰事一無所知，每日如常工作，直到炎夏時分才聽莎莎說，南方玉里深山死了不少人。

「不知究竟怎麼回事，只聽他們說，有不少生蕃在山裡被祕密處死了。」莎莎說。今天她也帶來飯糰，和樹、蕉葉一起躲在鐵道貨車的陰影裡休息。

「他們是誰？」蕉葉問。

「朝日組的人。我打掃的時候經常聽到他們談話。」

「反正不關我們的事。」樹哼了一聲。

「咦，梅野先生來了。」蕉葉伸手指著前方。

樹抬頭望去，果然梅野正往事務所走去，即使在這樣的豔陽下，還是衣冠楚楚。

「這人不用吃飯嗎？」樹說。

「你和梅野先生有仇啊？」蕉葉覺得好笑，用手肘撞了樹一下。

梅野進入事務所，過了一陣子和李阿貴一起出來，兩人站在門廊下說話，一談就談了十多

二、花蓮港的陌生人　　37

分鐘。最後要離開時，梅野瞥見莎莎坐在陰影中，竟然就往這邊走過來。

「春子，這就是你哥哥？」

「呃，是的。」莎莎慌忙起身，樹和蕉葉也跟著站起。

「飯糰夠吃嗎？」梅野走到他們面前，和藹的問。

樹沒有回答，蕉葉趕快點頭，「很夠，謝謝梅野先生。」

「你們還有什麼需要，告訴李先生，他會來和我商量。」

「是，謝謝。」又是蕉葉出聲道謝。

梅野轉向莎莎，「春子，跟我回去吧，有事情要你做。」

莎莎拿起籃子，回頭看了樹和蕉葉一眼，乖乖跟著梅野去了。樹和蕉葉望著那背影，隱約聽見梅野向莎莎交代工作。

「野球隊的衣服做好送來了，有一些小地方要修改，我想，交給你就可以了，不必再大費周章退給裁縫。」

「朝日組要成立野球隊哪。」蕉葉好奇起來，「但他們要跟誰打呢？」

樹並不關心朝日組野球隊，瞪眼看著莎莎隨梅野遠去。兩人並行的背影讓他感覺煩悶，甚至焦躁起來。那天下午他工作特別賣力，想藉此驅散胸中悶氣。腥鹹海水迎面撲來，他反而覺得清爽。

梅野富裕又有地位，他並不擔心梅野看上莎莎這樣的生蕃，但他擔心莎莎在朝日組總部工

38

蕉葉與樹的約定

作，每天跟著梅野，說不定會開始嚮往日本人的生活。這讓他煩惱自己的苦力生涯。拉縴、搬運的日子一天一天過去，最後會是如何？

那天晚飯過後，他和蕉葉一起去散步。月亮升起，向洋面灑下閃爍金光，聽得見潮聲，眼睛看去卻沒什麼浪。他們赤腳走入淺水。大洋還留著白日餘溫。沙粒從他們腳底迅速隨水退去。這情景讓他放鬆下來，將本來深藏的心事對蕉葉和盤托出。

「我們會一直在這裡當苦力嗎？」說完一切，樹看著光亮變換的洋面，又轉頭看蕉葉。蕉葉一直安靜傾聽，現在沉默著沒有回答。

樹的煩惱隨言語根植在他心頭，此後他比樹更常思索未來。未來，這對他來說是個陌生概念。

以前在馬太鞍，時間的內容就是生活，過去現在未來都落實於日復一日的生活，沒有誰特別意識到未來。然而這片苦力海將不同的人生展示給他，未來除了日出日落之間的生活，似乎有了新的內容。他從這個夜晚開始煩惱，不知道那內容是否為他所有。

那是大正九年七月下旬，本島人所謂的大暑剛過，立秋未至，炎熱天候還將持續兩個月，入秋後仍有颱風大浪，都使苦力工作加倍艱難，但十六歲的樹和蕉葉看著即將圓滿的月亮，對工作辛苦已經不以為意。畢竟，能靠蠻力解決的都不是問題。真正的問題是，他們隱約想望的那些，能靠蠻力取得嗎？

二、花蓮港的陌生人

三、從苦力到學生

花崗山野球聯誼

在海灘苦力無法與聞的深山裡，乍看並不起眼的花蓮港廳長江口良三郎默默殺了許多人，同一時間僱用朝日組人力，在花崗山興建野球場，供本地野球隊休閒比賽之用。樹和蕉葉白天都離不開海灘，近在咫尺卻沒見過花崗山球場，只聽說李阿貴是朝日隊的投手，廳隊不少打者都被他三振。

「阿貴先生昨天又贏了比賽嗎？」某次比賽隔日早晨，苦力們向李阿貴道早安。

「昨天我們輸了呢，哈哈！」李阿貴爽朗的笑起來，「對了，昨天梅野先生說，艀船組的成員不能只有工作，也得有娛樂，要我定期為你們辦運動會。」

「真的嗎？」好幾個人立刻感興趣，樹卻意興闌珊。

「工作就夠累了，還辦什麼運動會。」他對蕉葉說。

今天是五月難得的晴天，日光和煦，洋面平靜。苦力們接船接人，搬運貨物，忙碌一如往常。

距離那個近乎覺悟的夜晚，轉眼就過了快兩年。周遭一切沒什麼變化，莎莎似乎也沒什麼

變化，依然是月亮般的圓臉，春風般的笑容，但熟悉中似乎又有些什麼和以前不同了。她還是每天帶來飯糰，偶爾帶來玉子燒甚至烤魚。多虧梅野好心，他們大概是所有苦力中伙食最好的吧，樹心裡這麼想，卻還是無法釋懷他和莎莎所處環境的巨大差異。

今天莎莎又帶來新的小道消息。

「聽說江口先生已將築港計畫遞交總督府了。」

他們三人並排坐在鐵道邊的箱子上吃飯糰，前方是藍得令人屏息的大洋。

「啊，」蕉葉眼睛一亮，「那麼，很快就可以知道結果了吧。」

「築港也不見得有我們的事啦。」樹說。

「對了，樹，」莎莎勾住他手臂，「下次廳和朝日的比賽，我要幫忙準備選手的蕎麥麵，梅野先生說，你們幫忙搬過去的話，也可以拿一份。」

樹低頭吃飯糰，本來想說，蕉葉幫你搬就好，但他眼角餘光瞥見莎莎扣住他臂彎的雙手。她手上有很多細小傷痕，顯然是每日洗衣燒飯各種粗重工作留下的，雖說比起他身上的傷痕算很輕微，他卻不知怎麼的，說不出拒絕的話。

「好啊。我和蕉葉去幫你。」他回答。

五月梅雨綿綿，是年輕人與自己心情拉鋸的季節，就像梅干一樣，酸酸甜甜。從廳長江口到朝日組社長梅野，全都焦急等待總督府花蓮港的政商名人沒有那種餘裕。大正九年懲戒凶蕃之後，江口積極推動基礎建設，例如去年在米崙山興建的淨回應築港計畫。

42　　　　蕉葉與樹的約定

水廠已經完工啟用，大幅提升花蓮港的自來水質。這類工程固然重要，築港才能帶來真正的繁榮，他認為總督應該會支持這計畫，但命令未到之前總是讓人懸心。

然後他接到一通總督府總務長官賀來的電話。對方說，總督對於築港計畫所需龐大資金感到猶豫，已將此案轉去大藏省。這消息讓江口大吃一驚。

最近加藤內閣指派市來乙彥出任大藏大臣，此人力主「徹底的緊縮財政」，以此矯正一戰後的通貨膨脹政策。在市來主持之下，本案大概不可能為大藏省接受。

「也許大藏省還會詢問總督府的意見，只要有這機會，一定為江口先生的計畫多說幾句好話。」賀來在電話彼端這麼說，但江口知道這不過是官場敷衍。

「是，謝謝賀來先生，真的非常感謝。」江口也回以空洞言語。

果然如江口預想，這案子在不到一個月的時間內就被大藏省否決，這次總督本人打電話來，表達十分遺憾之意。

「現在可能並非最佳時機。」總督說，「再多等幾年，花蓮港的重要性為外界所知，推動龐大計畫的阻力會小一些。」

江口是軍人出身，不喜歡這種挫敗感。他認為梅野與他背景相似，應該最能理解他的感受。確知計畫觸礁後，他們當面商談過幾次，最後江口決定雇用沖繩漁民做沿岸調查，尋找適合築堤之處，先以地方力量興建一座小堤，讓漁船可以迴避風浪。

「資金就著落在梅野先生身上了。」江口說。

三、從苦力到學生　　　　　43

梅野點頭，「有了明確數目，我就去募款。」

那之後不久，極為炎熱的六月中，廳和朝日每月例行的野球比賽在花崗山球場舉行。莎莎煮了兩大鍋蕎麥麵，用透氣的木桶裝盛，蓋上一塊薄布，又把二十幾人份的碗筷收進竹籃，都交給樹和蕉葉，三人從朝日組總部前往花崗山，抵達時球賽正進行到九局下半。

三人放下大木桶和竹籃，站在場邊觀看。計分板上，雙方一路打成平手，後攻的朝日隊現在只要得分就能結束比賽了，但三名打者上場都被三振，必須要延長打第十局了。

「哎呀，」莎莎說，「繼續打的話，蕎麥麵會乾掉呢。」

樹看了莎莎一眼，「乾掉還是能吃啊。」

蕉葉四面張望，朝日隊正在遮蔭的棚子前商量戰略，梅野卻在廳隊的棚子裡，和江口一起坐在角落，似乎商量什麼重要事情。

第十局開打了，李阿貴上場投球，很快三振一名打者，第二名打者擊出高飛球，被方便的接殺。

「那傢伙臂力太差。」樹看著那被接殺的廳隊打者。

「嗯，」蕉葉表示同感，「你應該能打得更遠。」

「你應該也辦得到。」樹說。

不過第三名打者一上場就打了二壘安打，廳隊士氣大振，李阿貴在烈日下瞇起眼睛，看著揮舞球棒上場的第四名打者。

「我不大了解投球的規則。」樹看著李阿貴投出一球。

「聽他們說，大概就是區分好球和壞球吧。」莎莎說。

李阿貴連投三個壞球，卻奇蹟般找回手感，順利將打者三振出局。

樹歪頭看著滿面笑容下場的李阿貴。

「野球似乎很有趣。」樹說，「若是辦野球比賽，我就有興趣。我覺得很無聊。」

蕉葉搖頭，「野球是相當昂貴的運動吧。要有球、球棒、球衣、球鞋……誰會為我們花這些錢呢？」

「嗯，生蕃賽跑就可以了。」樹自嘲。

那天一直打到十一局下，朝日隊有人擊出陽春全壘打，終於結束比賽，那時蕎麥麵已經乾了也冷了，但眾人吃得津津有味。梅野向來熱中看球，卻沒有留到比賽結束，似乎趕著去辦什麼要務。

又過了一個多月，樹和蕉葉從莎莎口中聽說，那天梅野提早離場，是因為江口雇來的沖繩漁民調查有了結論，建議在北邊的米崙溪口築堤，需要兩、三萬圓才能辦妥，梅野一時半刻都不願浪費，當天就去拜望花蓮港幾位要人，這段時間以來已經成功募得三萬圓，很快就要開工了。

「三萬圓？」樹沒聽說過這麼大數目的金錢。

三、從苦力到學生　　45

「花蓮港能募到三萬圓?誰出了錢?」蕉葉好奇的問。

「聽說廳長先生設法挪出一些廳的經費,另外,梅野先生出了不少,其他商社也都有捐。」

「真有錢。」樹哼了一聲。

不過最讓樹吃驚的不是梅野的募款能力,而是他交給莎莎的新工作。

「梅野先生說,要我學讀和寫。明天起每天一早就跟老師學習,之後再開始工作。」

「為什麼要學那個?」樹皺起眉頭。

「梅野先生說,以後要成立新的野球隊,很多雜務要交給我,如果我不會讀寫,恐怕無法勝任。」

「那他可以叫別人去啊!」樹脫口而出,「難道朝日組還缺人嗎?」

「嗯?學寫字不好嗎?」莎莎對他的反應感到意外。

「你回去馬太鞍吧!」他叫起來。

莎莎瞪大了眼睛,「為什麼這樣說?我不是在這裡做得好好的嗎?」

他們本來坐在列車陰影裡,現在影子隨太陽略為偏移,樹幾乎整個人暴露在烈性起身以肩頭抵著火車,背對莎莎,賭氣般將剩下的飯糰塞進嘴裡,只嚼幾下就硬吞下去。

我是個無用的人吧,樹心想,如果真的擔心莎莎會因為那工作而逐漸改變,為什麼不勇敢說出想法呢?但我要說什麼?離開這裡,和我一起回去馬太鞍,打獵種地過日子?他想著那

次幫莎莎搬蕎麥麵去花崗山球場的情景。她已經習慣蕎麥麵和香甜的白米，還有玉子燒，和烤魚，她大概不會願意回馬太鞍吧。一種無力感從身體深處升起，像水一樣在體內迴流激盪，最後淹過嘴與鼻子，直達眼眶。

莎莎倏地站起，「我不要回馬太鞍！你們都在這裡，我為什麼要回馬太鞍？本來就是因為你們來，我才來的呀！」

樹驚訝的回過頭來。莎莎似乎看透他的心思，現在漲紅了臉。

「要回去我也要跟你一起回去啊！」她扔下吃了一半的飯糰，拿了竹籃掉頭就跑。樹看著那背影。她似乎邊跑邊哭。

「不要讓她傷心嘛。」蕉葉起身拾起沾滿了沙的半個飯糰，走過來勾住樹的肩膀，「那，她做飯糰都是為了你呢？」

樹接過飯糰，塞進嘴巴。米飯香氣沾染沙與鹽，滋味難以形容。咀嚼飯糰的時候眼淚流下來，日日吹著海風的臉頰現在鹹上加鹹。那是氣餒無助卻又似乎有所希望的眼淚。明明被困在一個地方，為什麼竟以為自己徬徨歧途呢？

從今天開始寫字

清晨五點，朝日組總部安靜無聲，只有莎莎獨自在屋後晾曬新洗的衣物。她仰頭看著淡藍

色的無雲天空。今天會是個大晴天，中午以前這些一定都能曬乾。她用夾子把所有衣物固定在曬衣繩上，匆匆回到二樓，開始準備梅野的早餐，等一切都料理妥當，已將近六點了。

梅野在六點過後踏進餐廳。莎莎如常站在桌邊等待，若是沒有別的吩咐，她就可以告退了。

「這邊坐下。」梅野指著桌邊另一張椅子，又拿出一本薄冊和一支鉛筆，「這是你的課本，今天先學五十音。」

「欸？」莎莎沒有會過意來，回頭往門外看了一眼，「那……老師還會來嗎？」

梅野一笑，「我就是老師。你坐下來聽講吧。」

「梅野先生……是我的老師？」莎莎睜大眼睛，順著梅野手勢坐下，打開課本。這冊子大約有二十頁，每一頁正面上半部是鋼筆寫就的平假名五十音，背面是片假名五十音，此外半頁空白供作練習。

「這是手寫的？」她讚嘆的看著那十分工整的筆跡。

「好久沒有這樣一筆一畫寫字了，昨天晚上還費了一番工夫。」

「梅野先生親手寫的？」莎莎忍不住伸手去摸那字跡，好奇的模樣讓梅野會心一笑。他稍微挪動椅子，用手指輕敲頁邊，「這是平假名，這是片假名。你先學這個。這是あ行，あいうえお，然後，た行，たちつてと……」

梅野解釋一遍，要莎莎照樣摹寫，他在旁邊用早餐，莎莎寫錯了他就親自示範。

48　蕉葉與樹的約定

一頓早餐的時間很快就過去了。莎莎看著自己生硬的筆畫，難為情的低下頭。

「很抱歉，梅野先生，我太笨了。」她雙手收在桌下，緊緊捏著衣服。

「寫字就和煮飯縫衣一樣，要熟練才做得好。你只要勤加練習就沒問題了。」

「是……謝謝梅野先生鼓勵我。」

「有空就練習，有問題就問。」梅野說完就起身離開了。

莎莎看著梅野離去的背影，又轉回來看面前的課本，梅野端正工整的筆跡。

「我什麼時候能寫得這麼漂亮呢？」她用手指摸著鋼筆字跡。

學寫字帶來一種新鮮感，但這感覺無法沖淡心頭煩惱。

昨天樹克制不住脾氣，說了那樣的話，她心裡明白，樹從小就是很愛吃醋的人，大概認為她每天跟著梅野，內心也會慢慢改變吧。日本人有許多花俏的東西，這一點她不否認，但她更喜歡馬太鞍的平靜生活。也許日本人的食物比較細緻，但她更喜歡犬鬼燈、藤心和麵包果湯，所有能讓夏日瞬間變得清爽的苦味野菜，花時間醃製的豬肉和魚貝……她更懷念那些從小到大習慣的滋味。

昨天她從樹面前跑走了，臨走丟下一句話，不知道他聽懂了沒有。

在馬太鞍，是女孩向自己喜歡的對象表白，男孩可以接受或拒絕。這通常在秋日祭典的最後一天進行，男孩接受表白的話，兩人關係就正式確定了。但他們遠離馬太鞍，已經兩年沒有參加祭典，自然無法以這樣的方式確認什麼。昨天她說那些話，不單純向樹表白，也等於詢問

三、從苦力到學生　　49

他是否願意同回馬太鞍。花蓮港的日子或許比馬太鞍舒適，卻是他人的僕役和苦力，心頭總像有重物壓著，怎樣也輕鬆不起來。

中午她帶著飯糰和期待去海灘。樹看起來心情不錯，笑嘻嘻接過飯糰，三人一起坐在列車陰影裡吃午餐。樹問起學寫字的事。她用手在沙上寫下她記得的假名，樹和蕉葉都好奇的跟著學。但樹沒有提到馬太鞍，彷彿昨日不快一早就被海風吹去不復存在。

樹當然沒忘記昨天的事，但他畢竟只把莎莎的話聽懂一半。他了解莎莎的心意，卻不知道她想和他一起回馬太鞍。若是在馬太鞍，他會安心確認關係，然後去莎莎家裡服勞役，直到莎莎的父母認可他為止。但在這裡呢？海灘苦力只有工作守則，沒有其他指引，他要拿什麼去接受喜歡的女孩？

他因為不知如何是好而假裝無事，吃過午餐，又像往常一樣看莎莎挽著竹籃離去。

日子就這樣過去了。

又過了一些日子，花蓮港各商社合作的米崙溪口築堤工程正式展開。朝日組人力最充沛，樹和蕉葉以為自己會被召去幫忙，李阿貴卻不這麼分派苦力。他點了十幾人去支援築堤工程，身材最高大壯碩的樹和蕉葉都不在其中。

蕉葉對築港滿懷興趣，聽說連修築堤防都沒有他的份，不免有些無精打采，樹不熱中這些，倒是不以為意。過了幾天，李阿貴一早就找來樹和蕉葉等總共十五人，發布一個令大家驚愕不已的消息。原來此地政商界不願放棄築港的夢想，決定採取迂迴策略，要由各種管道儘量宣傳

花蓮港，計畫之一就是挑選十五名最高大強壯、最有運動細胞的蕃人，組織訓練成一支強勁的野球隊。

「和學校比賽？」他們當中最年長的山問，「哪個學校要和苦力組成的球隊比賽？」

「江口先生要讓你們進入花蓮農業補習學校，這樣就是學校之間的比賽了。」

十五名苦力面面相覷，一臉難以置信。

「所以，」蕉葉問，「我們要讀書、學寫字嗎？」

「當然要讀書學寫字囉。」

「我們還是住在這裡嗎？」樹問。

「秋天開學以後就搬去學校宿舍。」

樹環顧這間他們早晚用餐的食堂，又望向屋外晨光中的海灘。

農業補習學校就在花崗山北邊，離此不遠，但想必以後中午無法輕鬆見到莎莎了。他心裡勾勒出了抗拒感，但是成為農校學生，以不遜色的身分和日本人組成的球隊比賽，又在他陰霾心中點上一盞燈。聽從安排雖然不能保證未來，至少能擺脫苦力身分，拉近和莎莎的距離。說不定有一天他能存一點錢，和莎莎結婚。這念頭讓他心頭升起嚮往。

中午莎莎帶著飯糰來。從那一言難盡的神色看來，她顯然也在朝日組聽說消息了。

大概是梅野告訴她的吧，樹心想。

蕉葉知道樹和莎莎的心情，但他自己對新生活充滿期待，恨不得現在就能離開孵船組的工寮，穿上學生制服和鞋子，坐在教室裡，學習農業知識，課餘打野球，在學校和球場上爭取最好成績，或許有一天能成為受人尊重的人。就像李阿貴，雖然他是本島人，比起日本人總是矮了一截，但遇到明理的主管如梅野，依舊可能受到重用。不過他顧慮樹和莎莎的感受，沒有表現出來，默默坐在沙上吃飯糰。

沉悶氣氛持續一段時間，還是莎莎先開口。

「我好高興你們去上學校。雖然開學以後，我們就沒那麼容易見面了。」

「如果學校管得不太嚴，下課我們可以去找你。」蕉葉說。

「其實假名不難。」樹突然說，「我全部都記起來了。以後我們可以寫信，當作練習。」

莎莎有點驚訝，又馬上露出高興的笑容。

「好，我回去問梅野先生，能不能給我一些紙筆。可以的話，明天就帶來給你們。」

「不用了。」樹立刻說，「我們可以和阿貴先生商量。」

蕉葉也從旁幫腔，「對啊，阿貴先生一定會幫我們。」

他們沒有接這話題說下去。天色突然變暗了。大片雲朵飄過他們頭頂，向沙灘和海面投下陰影，海風驟然變涼，挾帶幾絲細雨。即將下起大雨，樹催促莎莎回去，還陪她往北走了一小段路，站在沙灘邊緣看她轉上黑金通。朝日組總部還在前方大約一公里處。

52　　蕉葉與樹的約定

雨夜鋤燒和醉鬼

江口良三郎在花蓮港廳官舍宴請政商名流,恰逢暴雨突然來襲的這一天。

這場和洋兼緒的宴會並無特殊目的,只是他聽從梅野建議,不定期維繫花蓮港眾人情誼之舉。現在天色已黑,屋外還下著暴雨,但客人們都不在意。今天江口為大家準備的是鋤燒,此刻火鍋正不斷向外冒著溫熱水氣,豆腐和蔬菜的香氣更甚肉香。既是鋤燒,也就不那麼拘禮,客人盛了想要的燒物,不必非坐在餐桌邊,可以學西方人那樣,端著碗筷起身走動,各自聊天。

梅野已經吃飽,現在與花蓮港信用組合社長杉本各拿一盅清酒,坐在一扇半敞的長窗邊說話,也享受暴雨攜來難得的盛夏清涼。

「江口先生準備的酒真好。」杉本連喝兩杯,一臉滿足。他放下溫潤漂亮的白陶杯,探頭望向黑沉的屋外,「這暴風雨真不得了。不知道我們今晚怎麼離開呢。啊,梅野先生倒不必擔心,朝日組就在對面啊!」

梅野隔著一張西式古典圓桌坐在杉本對面,現在也放下酒杯。

「杉本先生真會開玩笑。這麼大的雨,就算在對面,撐傘走過去也要被打得半溼呀。」

「梅野先生還年輕,淋雨是小事嘛。」杉本點起菸斗,向後坐進漂亮的緹花布沙發,

「啊,這沙發真舒服呀。」

三、從苦力到學生 53

杉本仰頭吞雲吐霧，片刻後略為坐直，用那對細小眼睛看著梅野。

「梅野先生在入船通興建新宅，現在進行得如何呢？」

「屋子部分已經接近完工。天候不太差的話，秋天結束前花園也能整頓完成。」

「我聽松井先生說，梅野先生要建一幢花園洋房，所以他說得沒錯囉？」

「確實。我們要推動許多計畫，日後會有很多像今天這樣的聚會，總不能經常辦在官舍，當然需要一個適合宴客的環境。也會有江口先生不便出面的時候。」

「梅野先生確實想得很周到。」杉本點點頭，「對了，太太什麼時候會過來呢？」

「應該不會過來了吧。」梅野拿酒壺給自己斟酒，又慢條斯理喝起酒來。

「哦？」杉本饒富興味看著梅野，「有時候婚姻確實會發生這樣的情況，我這外人就不多問了，但梅野先生獨自在這裡，身邊總需要照顧的人吧？」

「朝日組不缺僕役。」

杉本哈哈笑起來，「梅野先生知道我問的是另一回事。」

「沒有那回事吧。」梅野一笑。

提起早已形同陌路的妻子，梅野頓覺索然無味。他又喝了一盅酒，趁著雨勢轉小告辭離去。從黃昏到現在，這鋤燒會進行了四個多小時，現在都快十點了，他酒量不差，但飲酒高談闊論數小時畢竟教人疲倦。他撐傘快步穿過街道，跑上朝日組總部的迴廊，才剛收起雨傘，門突然開了，莎莎狼狼的跑出來，和他撞個正著。

54　　蕉葉與樹的約定

「梅野先生！」莎莎在黑暗中認出他，立刻躲到他背後，「梅野先生救我！大村先生喝醉了！」

「大村？」

他走進屋內，打開電燈，大村正跌跌撞撞走下樓梯。那傢伙衣衫不整，腰帶都快散了，原本應該穿著木屐，現在也不知扔到哪裡去。梅野站在門口看著他下來。

「啊，梅野先生回來了啊⋯⋯」大村確實醉了，臉上掛著醉鬼特有的那種笑容。

「這麼晚了，你為什麼在這裡？」梅野問。

「啊，是啊⋯⋯」大村摸著後腦，「為什麼會在這裡？」

梅野回頭去看莎莎。她披頭散髮，拼命揪住沒了腰帶的衣服，一雙赤腳沾染門廊上的泥水，兩腿抖得幾乎支撐不住身體，屋內燈光一照，臉頰和頸部的抓痕鮮明。梅野突然想起兩年前她被大村拿藤條責打留下的血痕。

「大村，」梅野向他扔去雨傘，「你喝醉了，拿這雨傘回家吧。」

「回家？」大村抱住溼漉漉的雨傘。

「快出去。」梅野揪住大村肩膀，用力將他推到屋外，然後重重關上門，用鑰匙鎖上。

莎莎看到門確實鎖上了，好像突然被抽光力氣，跌坐在地上。

梅野倒了一杯水給她，然後拉一張椅子坐在旁邊。

「大村做了什麼？」

三、從苦力到學生

莎莎抱著水杯哭起來，慌亂告訴她正在睡夢中，大村醉酒闖進來，撲到她身上，強脫她的衣服，還說了一些不堪入耳的話，她掙扎的時候被抓傷大腿，逃跑的時候又被抓傷臉和脖子。

梅野嘆了一口氣，「他得逞了嗎？」

「沒有⋯⋯」

「你身上除了抓傷，還有其他的傷嗎？」

「沒有⋯⋯」

「明天你會害怕見到他嗎？」

「會⋯⋯」

「那你明天睡晚一點。我起來以後去敲你的門，你再出來。」

「那早餐⋯⋯？」莎莎茫然抬起頭。

「沒關係，晚點再做早餐。」

莎莎呆了兩秒，突然放聲大哭，差點打翻手中的水杯。

「謝謝梅野先生⋯⋯」她嗚咽著，「謝謝梅野先生救了我⋯⋯」

這是個奇怪的夜晚。一半時間悠哉享受鋤燒會，另一半時間被大村的妄行徹底破壞了心情。等到終於在床上躺平，明明已經很疲倦了，閉上眼睛卻又見到之前莎莎倒在地上哭泣的模樣。

他很同情莎莎。雖是生蕃，但乖巧懂事，工作認真，從不抱怨，偶然有所請求，也是出於

關心手足,而且不曾過分踰矩,大村欺負這樣一個女孩,實在人品卑劣。

兩年前那一天,大村五點不到就跑來責打莎莎,現在想來,說不定他那時就已經抱著不可告人的念頭,只是最近才找到機會下手。如此想來,確實不宜再留大村在朝日組了,否則哪天他真的犯下罪行,朝日組上上下下都臉面無光。

明天就解雇那傢伙吧。

四、日光開始傾斜的時候

站在谷地裡張望,這南北延長一百八十多公里的縱谷一年四季都是一片青翠。西邊的中央山脈山勢陡峭高峻,賦予谷地一種險惡面貌,與東邊平緩的海岸山脈恰成對比。從花蓮平原南行約五十公里,越過萬里溪,中央山脈向東突出,谷地驟然收束,似乎連空氣都凝重起來。這裡天空很低,兩側山脈綠中帶著藍灰,總有一半被棉花糖般的白雲遮去,大雨時候全都沒入灰色水霧。

馬太鞍是阿美族最古老的部落之一,清晨四點的現在,部落核心地帶還很安靜。這裡多半是一兩層的老房子,間雜三層較新的透天住宅。多數人家都有大小不一的前後院,院內有毛柿和木瓜樹,通常也有黑狗守著屋門。

其朗家就在這裡,一幢數十年的老木屋,夾在新舊不一的鋼筋混凝土建築當中。一道樹籬隔開道路,前院寬敞,兩株木瓜和一株毛柿已經結了不少果子,角落有個老樹樁,夜雨過後和地面一樣溼漉,不過對鬼來說並無影響。現在他坐在樹樁上,仰頭看著濛亮的天空。

其朗盥洗完畢出來,手拿一個缺邊缺角的淺綠色塑膠簍。

「要做什麼?」鬼起身問。

其朗指著前方的樹籬,「有些迷你苦瓜已經熟了,可以先摘下來,今天中午可以吃。」

樹籬上確實攀著野生的迷你苦瓜，誰走過都可以隨意摘取。其朗摘了半簍，全部扔進屋簷下接雨水的藍色儲水桶，然後掛上一個黑色腰包，又戴上一頂灰撲撲的安全帽。

「我要去苦瓜阿公那邊採苦瓜，嵐先生也一起去吧。」他跨上機車，拍拍腰包，「石頭在這裡。」

鬼帶著狐疑神色上了後座，其朗很快將車騎出院子。

「嵐先生能認得這裡嗎？馬太鞍會不會是嵐先生的家鄉呢？」其朗稍微側過頭。現在他們正前往部落東邊的一片田地。

「不知道。」鬼回答，看著迅速變換的景物，「屋子什麼的都沒見過。」

「嗯，那是當然了，過了一百年啊。但山總不會變吧？」

「從花蓮港過來的一路上，山看來都很熟悉。」

「這就比較麻煩了啊。」其朗抬起一隻手，又發現自己戴著安全帽，沒辦法抓頭。

八十多歲的苦瓜阿公起得極早，現在坐在車輪苦瓜田邊吃家裡帶來的飯糰，他的電動機車停在旁邊，座椅上端正放著雜物袋，安全帽掛在後視鏡上。他很高興見到其朗，更高興其朗主動來幫忙。兩人聊了幾句，其朗戴起手套，背著阿公的背籠，拿阿公的剪刀走進苦瓜田，採收較為飽滿成熟呈深綠色的車輪苦瓜。

「他是你爺爺嗎？」鬼跟在其朗旁邊。

「不是。我爺爺已經過世了。他是我爺爺的……我記不大清楚,反正是親戚。」

「幫他採苦瓜是你的工作?」

「昨天晚上媽媽說,苦瓜爺爺身體不好,大家有空輪流幫忙,叫我今天一早就先過來。」

「吃飯糰啊。」鬼看著老人若有所思。

鬼回頭望向苦瓜阿公,他正愉快的吃著飯糰。

其朗按照苦瓜阿公吩咐,採了約十五斤車輪苦瓜,除了一袋給苦瓜阿公自用,其他都載到馬太鞍早市,交給賣菜的Yoko阿姨。Yoko阿姨十年如一日紮著紅色頭巾,正將各種新鮮蔬菜擺上攤位。其朗拿來車輪苦瓜,和Yoko阿姨算清帳目,又騎車回去苦瓜田,把錢交給苦瓜阿公。

「看不出來你是好孩子。」回程時鬼在其朗背後說。

「什麼?」其朗瞟一眼照不出鬼的後視鏡,「我當然是好孩子。」

「就說看不出來。」

其朗載鬼回到家時剛過六點。小薰坐在門口階梯上,用鉛筆將其朗家整個院子畫上筆記本。她筆下線條生硬,但鉅細靡遺。屋簷下的儲水桶,其朗媽媽略顯老舊的Toyota,木瓜樹和毛柿,迷你苦瓜攀爬的矮樹籬,院子角落的樹椿,還有趴在屋簷下的大黑狗。

昨天商量的結果,讓小薰以做暑期田調作業的名義借住在此,現在她果然煞有介事做起田調筆記了。

「畫得滿像的。」其朗停步觀看,「但假裝田調有必要畫這麼細嗎?」

四、日光開始傾斜的時候　　61

「聽說人類學家的田調筆記什麼都記啊。要裝就要像嘛。」

「Kilang!Maram!」其朗媽媽在屋內叫喚。

「好!」其朗口中答應,但還站著不動,側頭看小薰在素描旁加上的註記。儲水桶是藍色,九重葛是淺粉紅色,木瓜和毛柿子都還是綠的,等等。

「母親叫你吃飯,還不快去!」鬼在旁邊喝斥。

其朗趕快跑進去了,鬼和小薰語言不通,又回到院子角落的樹樁坐著。他正對老屋向南的窗戶,一隻半大不小的貓蹲在突出的窗框上,不時低頭去看趴在下面的大黑狗。一貓一狗關係微妙,好像彼此熟悉,又維持著相當距離。

幾分鐘內其朗就吃完早餐,換上球衣跑出來,手裡拎一雙釘鞋。

「我要去找周教練。」他坐在階梯上穿鞋,「我媽說,教練聽說我回來,讓我過去當助教,教小朋友打球。有錢喔,鄉公所補助的。」

「啊?」小薰睜大眼睛,「那Ran san怎麼辦?」

「一起去啊。」

「Ran san不佔空間啦。機車怎麼坐?」

「我也想去。」

鬼不知道他們說什麼,但看其朗換上球衣釘鞋,立刻起身走過來。

「你要打球?我要去。」

「嵐先生不去也不行呀。」其朗綁好鞋帶，輕快起身，拍拍腰包，「石頭在這裡呢。」

他們騎車先去一家早餐店，方頭大耳頭髮半灰的周教練正在那裡吃時髦的貝果早餐，喝香濃的研磨咖啡，和早餐店漂亮的越南老闆娘閒聊。停車的時候，其朗低聲告訴小薰，這是漢人開的早餐店，十年前老闆娘嫁過來，夫妻合力翻新老舊店面，換了新鮮菜單，很快受到馬太鞍不分原漢的歡迎。

「不過前兩年老闆酒駕車禍死了，現在只有老闆娘一個人，還要照顧公婆和小孩，滿辛苦的。」其朗說完，把安全帽掛上後視鏡，揮手跑進早餐店，大聲向周教練和老闆娘打招呼。

「其朗回來啦。喝咖啡嗎？我請你。」老闆娘在吧檯後招手。

「不用不用，我吃飽了。我來找教練。」

「欸，那是誰？」老闆娘看著跟進店內的小薰，「女朋友？」

「我同學啦。」

「都帶回家了還同學？」周教練用腳尖踢一下其朗，「你媽說昨天就住在家裡。」

「教練好。」小薰向周教練欠身行禮，「我們真的是同學。國中三年都同班。我拜託其朗讓我來馬太鞍做田調。」

「好有禮貌呢。」老闆娘說，「其朗不喝咖啡，那我請小姐喝。」

其朗在周教練身邊坐下，聽教練說明馬太鞍國小棒球隊的暑期訓練計畫。小薰在吧檯前和老闆娘聊天，聽說她二十歲隻身到臺灣結婚，在很短的時間裡學會中文和臺語，還在丈夫死後

四、日光開始傾斜的時候　　63

獨自營運這早餐店，打從心底感到佩服。

「你講話真的跟臺灣人一樣欸。」小薰說。

「不學好沒辦法生活啊。」老闆娘遞來咖啡，突然壓低了音量，「我跟你說，你好好照顧其朗喔，他是好孩子，但是爸爸不在了，不只他媽媽辛苦，他也很辛苦。去日本打球，壓力一定很大。」

小薰一直以為其朗去日本打球純粹出於興趣，聽老闆娘說起才知道，他的親朋好友都期待他日後能順利進入日本職棒，「賺很多錢」。這也是她第一次聽說其朗家的經濟狀況。去日本讀書打球的投資極高，大家都期待可能的回報。

聽了這樣的話，之後小薰在馬太鞍國小看其朗指導小朋友打球，突然覺得那身影看來和平常有些不同。她認識的其朗活潑樂觀，臉上總帶著笑容，現在雖然依舊滿臉笑容，和小朋友玩在一起，但感覺似乎變深沉了。

好像連他的影子都變深了。

鬼正沿著場邊慢慢踱步，似乎在觀察其朗。

小薰本以為這個鬼能在白天向他們現身，證明鬼不像傳說那樣受白天黑夜的影響。昨天搭火車前來馬太鞍時，她將這想法告訴其朗，其朗又轉述給鬼，鬼卻大搖其頭。

「我不知道別的幽靈。我沒見到其他的幽靈。」

「嵐先生感覺不到其他幽靈存在？」當時其朗很驚訝。

鬼搖頭，「我什麼也感覺不到。」

「難道孤魂野鬼就是這個意思嗎……」當時她怔怔看著車廂裡彷彿淡色煙霧的鬼，此刻鬼也像昨天在火車上那樣清淡，隨著日光漸高，鬼的身影不時變得模糊，但始終一臉認真看著其朗，好像看著什麼遙遠的東西。

是不是在回想往事呢？

早晨七點過後，馬太鞍的夏日太陽就熱得讓人流汗，小薰戴著遮陽草帽，熱氣悶在帽子裡，很快就頭暈眼花，最後躲入球場外的櫟樹陰影，摘掉帽子，坐在自己的牛仔背包上，抱著筆記本和其朗交託的腰包。鬼不怕熱，一直在場邊來回走動，藏青色背影顯得堅毅，同時又帶著某種飄忽感。小薰看著看著就發呆起來。

即便已化為煙霧般的存在，鬼那雙赤腳也粗糙得非常搶眼。那是被土地、草地、沙地等各種地面摩擦燒燙而成的皮膚吧。有這樣的腳皮，恐怕赤腳賽跑衝刺都不成問題。

他生前不知走過多少崎嶇道路，

最後卻化為遠方的煙霧，連家的方向都丟失了。

🍃

回到馬太鞍後，其朗每天早起去幫忙苦瓜阿公，之後大半天都在球場上，教小朋友打球，也做一些自主訓練。周教練有空就餵球給他打，和他討論平安中的訓練方式。一連三天，小薰

四、日光開始傾斜的時候　　　65

坐在樹蔭下觀看其朗教球練球，不時將零碎想法寫上筆記。馬太鞍豔陽下，時間好像變得濃稠，逐漸靜止下來。

也是在這三天裡，小薰想出克服語言障礙和鬼溝通的方法。她把想說的話輸入手機，翻譯成日文給鬼看，再以日文羅馬拼音方式輸入鬼的回答，翻譯成中文。這方法不很實用，因為小薰無法立刻記住鬼的整句回答，得請鬼複述好幾次，才能完整輸入，不過她不厭其煩，所幸鬼也不對什麼感到厭煩，一人一鬼於是交談起來。

「嵐先生覺得其朗教得對嗎？」

「嵐先生覺得其朗球打得如何？」

「我沒看過他打球。」

「聽說等一下周教練要餵球給他。」

「那就等他練習的時候吧。」

那時是上午十點半左右。不久後其朗果然開始練習打擊。他將周教練投的三個速球擊入護網，打得十分順手，第四球卻讓他瞪目。

「教練！」其朗叫起來，「什麼東西啊！」

周教練哈哈大笑，「平安中沒人投蝴蝶球喔？」

「嵐先生看過那種球路嗎？」小薰把手機給鬼看。

「教小孩打野球嗎？他們還小，說不上什麼對不對。只要不受傷就算對了。」

66　　蕉葉與樹的約定

鬼瞟一眼手機，又抬頭望著其朗和教練，似乎陷入沉思。

「我看過。」片刻後鬼回答。

小薰認不出球種，但知道蝴蝶球是難練也難打的球，沒想到一百年前鬼就見過這樣的球路。

鬼搖頭，「不知道。想不起來。」

「誰投了這樣的球呢？」她好奇的問。

小薰不想整天坐在球場邊，在其朗媽媽幫忙下，開始訪問馬太鞍的老人。八十多歲的苦瓜阿公是第一個受訪者，地點就在他的菜園，正在照顧其他蔬菜。小薰以礦泉水和鮮榨果汁充作伴手禮，客客氣氣上前，自我介紹是其朗的同學，其朗媽媽來電提到的小薰。

苦瓜阿公同意受訪，但沒能提供什麼情報。他知道日本時代有阿美族人去港口工作，但那在他本人人生經驗之外，是聽上一輩說的，而清楚詳情的長輩都已凋零殆盡。

「出去做工很多啦。」苦瓜阿公解釋，「我叔叔還去阿拉伯工作。」

「其他部落也有人去花蓮港工作嗎，日本時代？」小薰追問。

「應該吧，但我不知道有誰。」

「那你知道馬太鞍有沒有人在日本時代去日本打棒球？」

「日本時代去日本打棒球？」阿公想了一下，「我不知道哪，可能要問其朗教練的爸爸，

四、日光開始傾斜的時候　　67

「他以前打棒球。」

「周教練的爸爸?和阿公你差不多年紀?」

「一樣年紀。」阿公瞇瞇回答,「但是他兩年前死了。」

第一個訪談輕鬆愉快,但除了發現敦厚的皺臉阿公頗為幽默,幾乎沒有收穫。之後小薰去馬太鞍國小等待練習結束,在場邊簡短訪問周教練,教練卻兩手一攤。

「沒聽我爸爸提過。他戰後出生,就算知道日本時代的事,也是聽我阿公講的吧。」

這情況令人茫然,但小薰並不氣餒。那天晚餐過後,她幫其朗媽媽洗碗收拾完畢,坐在窗邊考慮接下來的工作。她在筆記本上畫了一個馬太鞍部落簡圖,把其朗媽媽建議她訪問的耆老位置標示出來,對照手機上的地圖,規畫明日的訪問。

鬼在昏暗的院子裡,坐在角落的樹樁上。從這位置看過去,小薰是被格子木窗切割的身影。他記憶中隱約有個類似的少女形象,柔和,明亮,好像初春的苦楝花,那臉面卻始終記不起來。

🌱

八月初的花東谷地熱極了,小薰在馬太鞍的「田調」進入第三週,彷彿枯水期溪畔的石頭,曝曬於陽光下,一籌莫展。在其朗媽媽協助下,她已經訪問過馬太鞍不少長者,但沒有收集到多少有用資料。再過兩週就是馬太鞍的祭典。眾人忙碌的時候,其朗的生活照舊,除了清

68　蕉葉與樹的約定

早去幫忙照看苦瓜阿公的田地，多數時間在球場上度過。這是因為他在外讀書，沒什麼機會參加部落事務，也沒有參加年齡階層，無從參與祭典。

「那你為什麼不參加年齡階層？」小薰問。

「我平常在日本，參加年齡階層有什麼意義？而且，為什麼一定要參加年齡階層？」

「先把工作做好再傳承文化吧。」其朗回答，在門口脫下鞋子，進去吃早餐。他剛從苦瓜阿公的田地回來，算是完成每天的第一件工作。小薰起得比他略晚，已經吃完早餐，一如往常抱著筆記本，坐在門口一張老木頭矮凳上，看屋簷下的藍色儲水桶發呆。經過昨夜一場大雨，桶中雨水已滿，石階下的土地也還是溼的，不過以現在日光的強度，大概上午九點前就能把地面曬得很乾了。

「文化需要傳承嘛。」

鬼坐在院子邊緣的樹樁上，目睹門口的對話。他不清楚對話內容，卻好像感應到什麼。他起身走到小薰前面。

「剛才薰ちゃん和Kiang君說什麼？」

小薰大致聽懂鬼的問話，連忙低頭在手機上輸入回答，轉成日文。

「我問他為什麼不參加年齡階層？」鬼唸出手機螢幕上的翻譯。

「哎呀，這個翻譯一定不對……」小薰想了一下，翻開筆記本，「年齡階層，年齡階層，阿美語叫什麼……啊，sial！」

四、日光開始傾斜的時候　　69

「原來如此。」鬼點頭。

小薰又把手機湊上來，「嵐先生以前一定參加sal吧？」

「我不記得。」鬼搖頭，又補充一句：「我大概是Kilang君這個年紀去花蓮港工作。也許我沒有參加。」

「參加sal，除了能參加祭典，還有什麼呢？」

鬼看著手機上的翻譯，轉頭望向屋簷上閃爍的日光。有什麼模糊的印象逐漸升起，就像這日光一樣，明明白白卻無從把握。

沒有加入年齡階層的男子，就好像被部落流放的人，沒有同儕，也不受任何人照應。遠方有個聲音這樣說。

要是你們在外面出了事，誰要替你們走回家的路呢？

一定有人曾經說過這樣的話，卻一點也想不起究竟是誰。

鬼沒有回答小薰的問題，轉身走開了。小薰看著鬼坐回角落的樹椿，仰頭看著屋簷，好像在發呆，日光下身影朦朧。這情景令她出神，沒注意樹籬外有人下車走來。

「秀琴在嗎？」那人走上階梯，從她的矮凳旁經過，伸手拍著紗門。

她抬頭一看，是個面貌和藹的長者，看來大約七十多歲，頭髮有些稀疏。

70　　　　　　　　　　　　　　　　　　　　蕉葉與樹的約定

「啊，陳校長！」裡面傳來其朗媽媽的聲音，「校長什麼時候來的呀？」

來人是退休的馬太鞍國小校長，是其朗家在七腳川部落的遠親，也是其朗父母的國小老師，每次到馬太鞍總會到學生家走動敘舊，他聽說其朗的國中同學來做田調，好奇的詢問究竟。

「是想知道日本時代馬太鞍族人去花蓮港工作的事。」小薰解釋。現在所有人都移坐到客廳，其朗媽媽給大家倒來茶水，鬼靠在角落，雙手收在袖子裡，用那雙平靜的眼睛看著屋中四個活人。

「日本時代在花蓮港……」陳校長捧著茶杯，仰頭思索，「我小時候聽說過。我父親就認識這樣的人。可惜他很早就過世，沒辦法讓你訪問。」

「那，」小薰呆了一下，「校長小時候聽說些什麼呢？」

「我父親年少的時候，曾經在一位日本大老闆家裡當打雜的粗工。這個你查一查花蓮港的建港歷史，說不定能查到。」

「都是哪些部落的阿美族人去港口工作？」其朗問，「馬太鞍有人去嗎？」

「好像有。我父親有一些馬太鞍的朋友，都是少年時代在花蓮港認識的。不過那些人應該都過世了吧，要是還活著，一定超過一百歲了。啊，秀琴，馬太鞍現在還有百歲老人嗎？我退休的時候，那幾位長壽老人也都不在了吧？」

「嗯，現在真的沒有了。其朗出生前不久過世的Haruko阿嬤最老，好像是一百零五歲。」

四、日光開始傾斜的時候

「春子……」角落的鬼咕噥一聲,但只有其朗和小薰聽見。

「我記得Haruko沒有小孩,是嗎?」陳校長問。

「沒有。」其朗媽媽搖頭,「她和其朗的教練是親戚,晚年也是周家照顧的。」

「還好是在部落裡,大家會互助,不然一百零五歲,又沒有子孫在旁邊,會很淒慘。」

「Haruko阿嬤和其朗很有緣呢。她過世前不久,我去看她,她摸我的肚子說,你把這孩子叫做Kilang吧,他適合這個名字,給他這個名字,以後他很會打棒球,說不定去日本打球。」

「你就真的這樣給其朗命名了?」陳校長很驚奇。

「嗯,他爸爸說,阿嬤既然這樣說,必須照做,所以就給他叫做Kilang了。」

「但阿嬤怎麼知道其朗有打球的天賦呢?」

「不知道。當時也沒問。或許她只是說說而已,沒想到竟然說中了。」

「他們說什麼?」鬼突然問。

其朗不能在母親和校長面前對空氣自說自話,只好藉口如廁,和鬼躲在浴室低聲交談。聽完轉述,鬼要求其朗幫忙打聽Haruko阿嬤的族名,其朗一口答應,沒想到不只其朗媽媽和陳校長想不起阿嬤的族名,當天稍晚,其朗在球場問起周教練,他也說不知道。

「大家都叫她Haruko阿嬤。」教練說,「聽說她本來在日本人家裡幫傭,終戰後日本人走了,她才回到部落。」

「幫傭,那應該是大戶人家吧?知道是誰嗎?」

「這種事誰會知道？她自己也很少提以前的事啊。」

他們沒能問出Haruko阿嬤的族名，但周教練補充的細節讓鬼若有所思。那之後他們回到其朗家，鬼一直坐在院子角落的樹椿上發呆。其朗和小薰知道時間對鬼並無意義，但看到一個模糊人形一坐數小時動也不動，也不禁擔心起來。夜裡他們站在客廳邊緣，透過老舊的格子木窗望出去。樹籬外的路燈照亮院子，鬼是院中恍惚之影。

「欸，Ran san會不會認識這位Haruko阿嬤啊？」小薰問。

「嗯，算起來，他們應該差不多年紀。」

「要想辦法確認這一點。」小薰翻著手中的筆記本，「如果他們認識的話，那Ran san很有可能是馬太鞍人。是的話，我們就不用去別的部落了。」

「不要再弄筆記了啦，都十一點了，睡覺了，明天再說吧。」

其朗去廚房倒了一杯水，拿著水杯回到房間。他的床在窗邊，坐在床上就能望見院子。他看著樹椿上沉思的鬼，慢慢喝完一杯水，然後拉上沒什麼遮擋作用的白色薄窗簾，在床上躺平。

白日積蓄的熱氣逐漸散去，窗外涼意悄悄滲過窗簾，化為朦朧睡意，籠罩這小小房間。

他迷迷糊糊睡著了，但睡得不很安穩，好幾次把涼被踢到腳下，又用腳趾夾回來，拉上來蓋在胸腹之間。

睡睡醒醒之間，窗外隱約傳來話聲。

四、日光開始傾斜的時候

「住你們家這位小姐到底是什麼背景啊？」

「其朗的同學。」

「女孩子跑來，一住那麼久，家裡都不管喔？」

「她爸媽都知道啊。她每天都會打電話回家。」

「嗯？講電話也不知道在外面怎麼樣啊，在男生家餒！」

「有事嗎你們？管拿模多，他們年輕人自己決定啦。」

其朗睜開眼睛，看著老舊的天花板。窗外天色有點亮又不太亮，大概是四點左右。他拿起床頭櫃上的手機。四點十二分。

「你小心餒，秀琴！說不定不小心就當阿嬤！」

「他們才幾歲啦！」

「夠大了好嗎？我家Aío十七歲都交過好幾個了。」

「其朗在打球，哪有空。」

「秀琴，她爸媽做什麼啊？」

「媽媽是家庭主婦，爸爸是國中校長。」

「哎呦拿模好，校長的女兒餒！」

其朗推開涼被，在床上坐起。窗外是住在隔壁和對面的阿姨，大清早跑來找他媽媽講些令人皺眉的閒話，好在話題很快又轉到別的地方去，其朗趁這機會在房間裡弄出聲響，讓院中

74　蕉葉與樹的約定

的婆婆媽媽知道他已經起床，等他盥洗完換好衣服出來，大家都是一副無事人樣。他和往常一樣，載著鬼去幫忙苦瓜阿公，把車騎出院子時，有鬆一口氣的感覺。

「為什麼板著臉採苦瓜？」摘苦瓜的時候，鬼在旁邊問。

「沒有啊。」

「是不是那些女人說了什麼不好聽的話？」

「咦？」其朗側頭看鬼，「嵐先生為什麼會知道呢？」

「看她們的表情。」

「嗯。她們說薰ちゃん閒話。」

「不奇怪吧。你在意嗎？」

「當然啊。不喜歡朋友被人亂講話。」

「那你得勸她回家。」鬼一下就猜中閒話的內容。

不過其朗知道勸也沒用。小薰本來就是很執著的人，現在投入調查鬼的身世，沒有結果不會主動離開。但話又說回來，沒有小薰幫忙的話，他也不知道從哪裡著手，什麼都不做的話，就對鬼失信了，說不定會永遠被鬼跟著。

整個上午都被這事困擾，下午他練完球回家，院子裡停著一輛黑色賓士轎車，原來是堂哥阿輝從臺中回來。他之前就聽說，堂哥在臺中經營公司，事業做得頗大，據說很有錢，現在看到那輛光鮮亮麗的賓士，可見大家閒談不假。現在阿輝和其朗媽媽一起坐在屋簷下乘涼，許多

四、日光開始傾斜的時候

親友聽到消息,都過來打招呼。

「怎麼沒帶老婆小孩?」早上說小薰閒話的隔壁阿姨戴著大草帽,站在烈陽下的院子中央。

「她最沒用,說馬太鞍太熱,受不了。」

「小朋友呢?」

「跟她媽媽一樣啊。才五歲,就會喊沒防曬不能出門。」

「哎呦,拿模嬌貴。」

「她們這樣不行啦,可是我講也沒用啊。」阿輝笑著點起香菸,還轉頭以眼神詢問其朗要不要菸。

「謝謝哥,我不抽。」其朗說。

他看得出來,阿輝雖然口中批評妻女,其實洋洋得意,炫耀他在都市過著和部落截然不同的生活,妻子是嬌滴滴曬不得太陽的漢人女子。他下意識轉頭望向坐在藍色儲水桶邊的小薰。

她腿上攤放筆記本,手裡拿著筆,正留神觀察院中眾人。

一種煩躁感上襲,他走到儲水桶邊,拿雨水潑了自己滿臉,還濺到小薰身上。

「沒關係沒關係⋯⋯」小薰毫不在意,手在筆記本上抹了一下,依然專注看著正在進行的閒聊。其朗瞪大了眼睛。

沒關係?我又沒道歉,什麼有關係沒關係?

他悶悶走進屋內,想回房間,但那群人就坐在他窗外講話,根本迴避不了,最後他只能窩

76　蕉葉與樹的約定

在廚房，坐在餐桌邊喝水發呆。

這些人跑來和阿輝說話，單純只因為他開著名貴轎車而來，自己並不會變得有錢，但大家就是這麼受錢吸引。就算看到有錢人也好啊，這樣的心態。他非常討厭大家這種熱中於錢的模樣，更討厭小薰投入觀察這些有的沒的。他感覺什麼羞赧祕密被揭開，因而臉頰發燙，口乾舌燥，猛喝冰水也無濟於事。

「欸，其朗？」阿輝在外面叫著。

其朗答應著出去，阿輝在門口臺階下對他招手，好像有什麼祕密要和他說。

「聽說你去日本打球啊？」阿輝搭著他後背，往無人的院子角落走。

「嗯，去一年了。祭典結束就要回學校。」

「有沒有什麼需要啊？有需要告訴哥啊。有什麼事哥幫你想辦法。」

其朗愣了一下，旋即反應過來，阿輝大概預期他會有前途，現在就來說些交好的場面話。這種態度讓他心中厭煩加倍，但還是設法壓下胸中悶氣。

「嗯，謝謝哥，現在沒什麼需要。」

「剛才嬸嬸說，那個正妹是你同學？她爸是國中校長？不錯喔，好好對待人家哈。」

其朗發出含糊聲音，想把話題混掉，阿輝卻愈說愈起勁。

「等你在日本闖出名堂，也二十多歲了，就可以名正言順交往啊。現在的校長不一定歧視原住民，但哪裡的校長都在意女婿是不是門當戶對……」

四、日光開始傾斜的時候　　77

其朗略微低頭，確認腳下藍白拖的位置，猛然俯身抄起拖鞋，用力往院子邊緣的水溝擲去，動作之大之突然，把阿輝嚇了一大跳。

「可惡！」其朗只穿襪子走上前去，從水溝裡撿回一隻藍白拖，回頭對阿輝一笑，「抱歉，剛才有一隻肥老鼠從水溝跑過去。」

「老鼠？」阿輝一臉嫌惡，「那拖鞋多髒啊，你不要拿在手上。」

「放心啦，不會碰到你。」

其朗走到藍色儲水桶邊，舀水出來清洗拖鞋，一下子打溼桶邊地面，他自己的襪子也溼了，小薰不得不抱著筆記本起身，把板凳挪往門邊。其朗裝作沒注意她，洗乾淨一隻拖鞋，又把剛才「打老鼠」時踢掉的另一隻拖鞋也撿來清洗。一雙拖鞋洗好，他脫下溼透的襪子，赤腳走進屋內。

鬼在旁邊看得很清楚，現在也跟進來，一直跟到浴室。

「那傢伙說了很討厭的話嗎？」鬼問。

「嗯。」其朗低頭洗襪子。

「又和薰ちゃん有關嗎？」

「嗯。」

「你不打算請她離開的話，就得學會不理睬討厭的話。」

「怎麼做到？」

「如果連這個都做不到,就表示你沒辦法控制自己的注意力。沒辦法在自我和外界之間自由進退的話,你球一定打不好。」

鬼說完就消失了。其朗默默洗完襪子,晾在後門外的曬衣場。早上他母親洗的兩件床單已經乾了,陽光下清新亮眼。他看著那情景發呆,前面院子傳來周教練的叫聲。他慢吞吞走到前門。周教練提著一個暗褐色的陳舊皮箱,說是最近整理自家倉庫,發現應該是Haruko阿嬤的遺物。

周教練打開皮箱,裡面是信件和剪報之類,還有一件疊得很整齊的衣服,年深月久,顯得很脆弱。其朗小心拿出那件衣服,在陽光下展開。

「赤色的長羽織⋯⋯」鬼在他身後低呼。

「嵐先生認得這衣服嗎?」其朗忘了旁邊還有許多人,轉頭問鬼。

「不認得。」鬼目不轉睛看著那衣服,「但是,我想起來了。」

谷地部落普遍有這樣的禁忌——不要在日光傾斜的時候前往墓地,或者說,日光傾斜的時候,就應該離開墓地了。

在西方有高山阻擋的花東谷地裡,即使晴朗無雲的好天氣,日光在下午三點半左右也開始傾斜了。一切事物的影子隨之傾斜。連那些無形的、眼睛看不見的,似乎也跟著傾斜。例如

四、日光開始傾斜的時候　　　　　　　　　　　　　　　　　　　　　　　　　　79

風吹過樹梢，颯颯颯颯的聲音。在這樣的時刻，那聲音傳入耳中，暗示穿透綠林的風勢也是斜的。

那天下午就是這樣。在山腳下的墓園裡，一塊樸素的墓碑前。墓碑中央簡單刻著主人的名字「周春嵐」，但沒有稱謂。此外是生卒日期：生於民國前六年四月十一日，卒於民國一百年二月二十七日。

春嵐，這顯然是將她自己的日本名春和鬼的日本名嵐組合在一起。在中文裡詩情畫意，日文卻是春天風暴的意思，好像披著輕薄美麗的外衣，其下風起雲湧，緊張四伏。

鬼坐在墓碑前，那身影依然沒能接住穿透葉隙的陽光。細碎光點穿過鬼魂，落在薄有青苔的混凝土地面。

其朗和小薰坐在離墓園入口處不遠的一張長凳上。小薰在筆記本上畫下眼前景象──墓碑，和墓碑前半透明的人形。其朗看著那簡略素描，拿出手機對著墓碑。拍下來的照片只有墓碑，沒有半透明的鬼魂。他的目光在照片和實境之間來回多次，然後刪除了沒有鬼魂的照片。

他不很清楚到底怎麼回事。鬼看到那件紅羽織，說他「想起來了」，但沒有說明想起什麼，只說想看看春子埋葬在哪裡。他生前一定認識春子，從眼前這情況看來，兩人或許是情侶關係，但是為什麼一個二十四歲病死在日本，一個孤單活了一百零五歲？他眼睛盯著墓碑上「生於民國前六年」的字樣，在心裡算了一下。也就是說，春子在鬼死後，又活了八十三年。

春子應該知道鬼死在日本吧？或者她不知道，一直在等他從日本回來？答案應該就在那些信件

裡，裝信的皮箱就在他腳邊，他很想現在就開始讀信，又不想冒犯鬼，只好靜靜等著。

墓碑前，鬼的形影一下清晰，一下模糊，好像隨風流動的水，微微折彎光線。

「欸，其朗，」小薰壓低了聲音，「你覺得Haruko阿嬤也像Ran san這樣，以鬼的形式存在嗎？他們能交談嗎？」

其朗抬眼望向鬼的背影。鬼似乎只是坐在那裡發呆，不論與人鬼或草木都無所交流。但話又說回來，他並不知道鬼和其他的存在如何溝通。

他們在這裡一坐就是一個多小時，直到看守墓園的阿伯喝斥著趕他們走。其朗本來想和阿伯爭論，畢竟現在才四點多，不過一直沉默不動的鬼開口了。

「日光已經傾斜，確實該走了。」鬼站起身，「不知道這個禁忌嗎？要避開曖昧的時間。」

「曖昧的時間？對幽靈來說也是一樣嗎？」

「對我沒有影響，但你不該觸犯禁忌。走吧。」

鬼拔腿就走，穿過生鏽的欄杆鐵門，穿過門邊呼喝的墓園阿伯，赤腳踩上滿地落葉，一點聲響也沒有。那景象奇怪，鬼沒有實體，不像他們必須走出墓園，大可原地消失，反正他依附的是石頭而不是任何其他東西，但鬼選擇像個人一般，以某種強硬之姿乾脆走掉，這似乎反映他的性格。

他生前大概是個很果斷的打者吧。

四、日光開始傾斜的時候　　　　　　　　　　　　　　　　　81

他們離開日光傾斜的墓園，發動機車時，其朗回頭望去，墓園阿伯正將同等鏽蝕的鐵鎖掛上鐵門。當然，這不過聊備一格。即使掛著這個鎖，想要進入墓園的人還是可以輕易攀過鐵門和柵欄，但這裡的人連日光傾斜時候都不願在此逗留，更不可能夜間擅闖。

「日光傾斜的時候不能待在墓園，好詩意的說法。」騎車回家的路上，小薰在他背後說。

他知道小薰是誠心發出讚嘆，但那種一廂情願的浪漫眼光讓他感到不舒服。他不知道怎麼回應，乾脆假裝沒聽見，連頭也不側一下。

那天晚上，他們坐在吊著日光燈管的屋簷下，閱讀皮箱裡的信件。無風時刻空氣沉鬱，向光的昆蟲在他們頭頂縈繞不去。他們面前是陳舊的紙張，淡去的墨水，極其工整的字體。

「這是我寫給她的信。」鬼說。

「所以春子奶奶的名字叫做Sasa？這是我們Pangcah的名字嗎？」

鬼點頭又搖頭，「這是特別的名字，所以給她取名叫Sasa。」

「原來如此。」其朗點頭，目光落上手中信紙。

我想有成就，然後我會向阿貴先生提出要求，希望我二十歲、你十九歲的時候，我們可以結婚。你會願意和我結婚吧？

他想知道春子是否回答這個請求,但鬼的神色讓他決定不要多話。他看一眼坐在旁邊的小薰。她聽不懂他們對話,但一如往常很有耐心,靜靜坐在旁邊觀察,不時在筆記本上寫些什麼。

他們讀完所有信件和簡報,從箱子底層拿出兩張照片。一張是經過局部上色的朱鸝,另一張是個微笑少女,穿著淺色和服,站在一幢大屋前,她身後的簷廊上放著西瓜和茶壺。這想必就是春子了。其朗和小薰互看一眼。給人好感的圓臉,健康的身形,清新自然的笑靨,很切合春天之名。

照片邊緣還有一行字,工整寫著「行く春に和歌の浦にて追ひ付きたり」。其朗看得似懂非懂,拿手機出來搜尋,原來是松尾芭蕉的俳句。詩人以為春天已逝,來到和歌浦卻有追上春天的錯覺。不知道這行字是誰寫的,但想必是以詩中「春」字贈給以春為名的人。

其朗很想知道鬼記起什麼,但那之後整整一週,鬼還是每天跟著他,卻什麼也沒說。

直到那天下午,他在馬太鞍小學練球,怎樣也打不到周教練餵給他的蝴蝶球,極度氣餒之下摔了球棒,走到場邊去喝水。

「你這種態度,乾脆就不要回日本了吧。」鬼說。

「呃?」他回頭一看,鬼站在不遠處,明亮日光下顯得模糊。

「沒有耐心,也沒有鬥志,那你何必去日本打球?」

「誰說我沒耐心沒鬥志?」其朗反駁。

四、日光開始傾斜的時候

「我說的。」鬼回答得很霸氣，「教練每天花時間餵球給你，打不到就是你技術不行，竟然有臉發脾氣摔球棒？既然連球棒都摔了，就表示你不想再打，那就不用回日本了。」

「我沒有⋯⋯」

「摔已經摔了，還矢口否認？」鬼瞪著他，「你說，你剛才有沒有摔球棒？」

其朗被這氣勢震懾，不由自主點頭。

「去撿起球棒，向教練鞠躬賠罪，說，對不起，我錯了，請原諒我。」

「這⋯⋯」

「認錯都做不到，打什麼野球！」鬼露出鄙夷神色，轉身走開了。

其朗從來沒被人以這種輕蔑眼神看過，登時感覺整個頭顱都燃燒起來。但他知道鬼說得沒錯，打不到球是他自己的問題，卻把脾氣發在教練身上，這怎樣也說不過去。

他深吸一口氣，走到打擊區，撿起球棒，低頭走向投手丘，照鬼所說的，向周教練鞠躬道歉。

周教練並不生氣，反而對他低頭認錯頗感驚奇，「你會道歉啊？這是在日本學的？」

「算是吧。」他不禁苦笑。

但是，這樣霸氣又堅持的鬼，生前過著怎樣的球員生活呢？

那天晚上他痛快洗了個冷水澡，坐在沒開燈的屋簷下乘涼，鬼突然出現在他面前，問他要不要去散步。

「嗯?」其朗就著屋內透出的燈光抬頭看著鬼,「嵐先生想散步?」

「嗯,走走吧。」

其朗站起身,回頭望向屋內。小薰正在桌邊熱心的整理筆記。

他跟著鬼走了。他們穿過眾人聚居的部落核心,穿過寬大的公路,越過平交道,走入山間小徑。幾個彎道過後,周遭近乎全黑。涼風吹動樹梢,發出颯颯颯颯細碎聲響,好像有什麼事情即將發生。若是獨自一人,他大概會對這環境感到不安,但現在身邊有鬼,幢幢黑影反而溫和靜謐。

穿行於黑暗的時候,鬼說了一個很長的故事,開場白很特別。

其實,我不喜歡她被叫做春子,雖然她是春天出生的沒錯,性格也像春天的苦楝花一般。

但我真的不喜歡她被叫做春子。

那,不喜歡有什麼原因嗎?

因為,是那個男人給她取的名字。其實我從一開始就知道,心底深處知道,有一天他會把莎莎從我身邊搶走,我卻愚蠢的繼續為他們工作,以為在這條被畫定的路上,我能靠自己走出什麼未來。

四、日光開始傾斜的時候　　　　　　　　　　　　　　　　85

五、踏上野球征途

生蕃與商家女兒

臺灣總督田健治郎抱著一番建設雄心而來，很快就意識到東部的阿美族人堪稱島上最溫馴的生蕃，這意味著他們可被教化，在引導下自我治理。花蓮農業補習學校就是基於這目的而設立的學校，第一年收了二十六名阿美生蕃，年紀都在十四歲到十六歲之間，隔年又在廳長江口安排下，收了原屬朝日組的苦力共十五人，就連年紀最輕的樹和蕉葉也比其他學生年長兩歲，再加上海灘工作鍛鍊出來的身材，這些「新生」看來比舊生老成得多。

入學的這個秋天，米崙溪岸蘆葦花特別茂盛，翻騰在又溫又涼的秋風裡，宛如空中白浪。樹總會想起倚靠險峻山的家鄉，馬太鞍。河流與溼地，田野和樹林，他從小看慣的一切與花蓮港多麼不同，兩地似乎只有這個時節的蘆葦花相似。這秋景好像提醒他，他和蕉葉都十八歲了，該是加入年齡階層的時候，他們卻遲遲沒有回家參加祭典、正式成為男子階層的一員。

現在他、蕉葉和另外十三名馬太鞍生蕃都已穿上制服，成為花蓮農業補習學校的學生。他們當中年紀最長的山提醒過，沒有加入年齡階層十五人中只有他們兩人尚未加入年齡階層。

的男子，就好像被部落流放的人，沒有同儕，也不受任何人照應：

「要是你們在外面出了事，誰要替你們走回家的路呢？」

他們才剛入學，就算以參加祭典為由請求離校，也不會被接受。誰會把生蕃的習俗放在心上？他們期望第一年先在課堂和球場上求取好成績，或許明年可以獲准秋天請假返鄉。

不論讀書還是打球，對樹和蕉葉來說都不困難。他們在入學之前已經學會假名，還在李阿貴協助下取得紙筆，每天寫日記做為練習。告別孵船組之前，樹已經寫過好幾封信給莎莎，都在中午她帶飯糰來的時候親手交給她。蕉葉也寫過兩封信給莎莎。莎莎比他們都周到，幾乎每兩三天就會分別寫一封短信給他們。日後回想起來，這些通信都很簡單，甚至有點膽怯。新的溝通媒介不期然改變他們的溝通內容，讓所有人的言語都謹慎起來。

離開孵船組的工寮，穿上學生制服之前，樹畢竟還是在信裡寫了藏在心中許久的話。

我會努力成為好學生、好選手，我想有成就，希望我二十歲，你十九歲的時候，我們可以結婚。你會願意和我結婚吧？

收下這封信的隔天，莎莎帶來飯糰和回信。

秋天我會隨梅野先生搬去入船通他的新家。以後我的工作會比較體面，也有工資。從有工

那天開始，我會很小心的存錢。希望兩年後，我們不是一文不名的結婚。

那天莎莎離開後，整個下午他都抱著無比輕快的心情工作。蕉葉不知道他們的通信內容，但從臉色也能猜到。

「一定是莎莎答應和你結婚了，對吧？」蕉葉笑嘻嘻的問，「不然還真想不出什麼事情能讓你這麼高興。」

「少多嘴。」樹哼了一聲，卻無法克制臉上的笑容。

「哎呀，真不知道何時有人要和我結婚呢。」

「好幾個人喜歡你，不擔心以後沒人結婚吧？」

確實，馬太鞍有幾個女孩很喜歡蕉葉，但蕉葉對她們不感興趣。他最喜歡的女孩是莎莎，但不是日後想和她結婚那種喜歡。他喜歡莎莎就像他喜歡樹，是超越了好友，近乎親人的感情。此外他實在說不出喜歡怎樣的女孩。

他向來沒有多少心思在那方面，進入農校之後更是如此。之前身為海灘苦力，他們工資之少，幾乎無法存錢，作為農校學生更是全然沒有收入，但李阿貴說，他們在學校獲得好成績，或日後野球比賽得勝，朝日組都會發給獎勵金。金錢，和肯定，這是現在他心頭最大的願望，倒不像樹那麼在意尚未加入年齡階層。

農校生活比想像中輕鬆有趣。他們上課只到下午兩點，晨課之前和下課之後的時間主要

練習野球。艀船組工頭李阿貴是他們的教練。他在第一次集合練習時說，他親口答應梅野，要將生蕃苦力組成的野球隊訓練成島上的強勁隊伍。聽到這樣的話，樹和蕉葉等十五人都面面相覷。

「我觀察你們兩年了。」李阿貴笑嘻嘻的說，「我心裡有一套訓練計畫。」

「阿貴先生要讓樹練投球嗎？他是我們裡面臂力最強的。」山問。

但李阿貴看中的投手人才是蕉葉，和另一個名叫魚的馬太鞍人。他認為樹臂力強勁，更適合訓練成長打者兼外野手。

樹對打擊的興趣多過投球，欣然接下任務，很快就理解打擊的道理。他開始享受每個擊球的瞬間，力道撞擊的感受和聲響。在秋天結束之前，他已經建立起相當不錯的手感。他也喜歡當外野手。奔過廣大場地，精準把握球的位置，牢牢接在掌中的感覺，和擊球的快感不相上下。

有時樹觀看蕉葉練習投球，不得不贊同李阿貴眼光精準。蕉葉比其他人更快掌握投球訣竅，而且他心無旁騖，能在極短的時間內收束注意，就像轉過頭來，兩眼聚焦，那樣單純乾脆。

確實，蕉葉在十五人中年紀最小，但資質悟性最高，而且不只野球，在知識學習方面也是如此。阿美生蕃本來個個熟悉農作，接受現代農業知識並無困難，但蕉葉的興趣明顯超乎農業。他開始好奇田健治郎就任臺灣總督後的一連串舉措。他清楚記得田氏搭乘長春丸抵達花蓮

90 蕉葉與樹的約定

港的情景,現在又透過閱讀報章書籍而了解,田氏甫就任便提出內地延長、臺日融合理念,並發布關於中等職業教育的《臺灣教育令》,花蓮農業補習學校就是這麼來的。如今《法三號》已正式實施於臺灣,理論上,中等以上教育都應該實施日臺共學,但情況不會一夕改變,生蕃也無法與本島人比肩,更別談日本人了。

「露君似乎對制度特別有興趣啊。」李阿貴很快便注意到這一點。他通常叫蕉葉的族名Looh,講日語時以發音近似的「露」來替代,樹的族名Kilang也被他以同樣方式簡化為「嵐」。

「因為,我們好像被制度固定在一個困難的處境,我想了解這一切究竟怎麼運作。」

「露君各方面表現都很出色。持續下去的話,說不定未來能有所發展。」

「能有什麼發展?」樹在旁邊懷疑的問。

「這方面確實有些計畫。」李阿貴說,「江口先生和梅野先生都希望,我們的球隊能在島內取得良好成績,做到這一點的話,就安排我們去內地打友誼賽。」

「去日本?」蕉葉睜大眼睛。

「是啊。若是在內地也有好的表現,或許能夠開啟新的機會。」

「是嗎?」樹還是不大相信。

「嵐君總是這麼硬氣呢。」李阿貴笑起來,「難怪屢屢擊出長打。」

對於李阿貴口中「新的機會」,樹並非全然無動於衷。其實他對未來充滿期待,只是不敢明白表現在臉上。真正對一切抱著遲疑態度的是蕉葉。他認為廳和朝日組讓他們來此就學,是

五、踏上野球征途　　91

為了名正言順建立一支能夠引起各界矚目的球隊，因此他們首先得在球場上取勝，證明自己的價值，在那之前實在不宜對任何事情太過樂觀。

除了上課和練習，每天傍晚前後他們可以自由活動，可惜這往往也是莎莎一天最忙碌的時段，無法離開梅野家和他們碰面。他們只好在學校附近閒逛，經常走上米崙溪堤防，吹涼風說閒話，也討論野球。

那個女生出現的傍晚，他們兩人像往常一樣沿米崙溪散步，談論下午的練習。最近蕉葉聽從李阿貴指導，正在調整投球姿勢，連續幾天不得要領，今天卻好像突然領悟過來。他停下腳步，面對充滿涼意的溪水示範投球，動作出奇流暢，儘管手中沒球，他手指前推放開的瞬間極富力道，涼風恰在此時吹過，蘆葦花誇張搖擺，嘩然響聲彷彿觀眾喝采。

「確實，」樹點頭，「一下子看不出差別所在，但感覺確實不同。」

「有人在偷看我們。」蕉葉看著樹身後。

樹回過頭去。道路彼端一個灌叢背後確實躲著人，身材嬌小，應該是女性。

「喂！」他不客氣的大喊，「有事嗎？有事請過來說！」

他這麼一叫，對方反而像驚弓之鳥，轉身就跑，鼠青色和服背影很快繞過另一個灌叢，消失在新城通的轉角。

「啊，」蕉葉說，「好像看過這個人。」

樹想了一下，「是不是那家駄菓子屋的女兒？」

他說的是離農校不太遠，也位於新城通的商店「山下屋」，賣一些雜貨、乾貨和菓子。他們多次從商店前經過，見過忙進忙出的山下家女兒，但他們身上沒錢，從來不曾停步，更不曾踏進店裡。

「嘿，」樹回頭對蕉葉咧嘴一笑，「看來你有仰慕者了。」

「說不定是你的仰慕者。」

「不可能。」樹哈哈笑起來，「只有你才會不知何故招來女孩喜歡。」

「不知何故？」

樹拍拍蕉葉的臉，「就是單純憑著這張臉的緣故。」

確實，蕉葉有一張很漂亮的臉，多數人看到這樣漂亮的容貌都會興起莫名的好感。他臉上又經常帶著微笑，給人溫和的印象，不像樹，臉部線條和神情臉色都很剛硬，給人不好相處的感覺。

「亂講。」蕉葉輕哼一聲，推開樹的手，回頭往另一個方向走，樹哈哈笑著跟在後面。

「阿貴先生不是說，作為投手，你的外表太溫和，恐怕無法震懾對手？真是很有道理。」

「不要再說啦！」

不過樹說得確實不錯。那天稍晚，他們結束散步回到農校，還沒踏上校門口的石階，突然一個女孩跑來，將什麼東西塞在蕉葉手裡，又很快跑開了。鼠青色身影就和先前溪邊那人一模一樣。

五、踏上野球征途

蕉葉手中是一張折得很小的紙，上面只有兩行工整小字，沒有署名：

我喜歡野球

希望獲得許可旁觀你們練習

蕉葉啞然，「我又不能允許或拒絕誰旁觀我們練習。」

「哈哈！我現在就去問阿貴先生！」樹快步跑上石階，但被蕉葉追上阻攔。

「我對這些沒興趣。」他鄭重的說。

「好吧，我明白。」樹很了解蕉葉，知道蕉葉臉上出現那種神情，就絕對不宜再開玩笑。不和蕉葉談這話題了，但他將這事簡短寫在給莎莎的信裡，還特別註明：「你來看我們的時候，千萬不要提起這件事，否則恐怕他生氣。」

「這真是太可惜了。」後來莎莎回信寫道，「我認識山下家的女兒，是善良又可愛的人。她的名字是真子，是山下夫婦的獨生女，日後山下屋應該會由她繼承。蕉葉願意和她多點相處的話，一定會喜歡她的。」

十一月中，天氣開始轉冷的時候，莎莎按照梅野吩咐，給野球選手帶來鼓勵性質的暮秋小禮物，同行的還有山下家的女兒真子。莎莎告訴樹，梅野讓她決定禮物內容，於是她和山下屋商量，決定給十五名野球選手一人一小袋金平糖。既然是山下屋的菓子，真子同來是理所當

然。

兩個女孩來到花崗山球場時，蕉葉正在練投。他看見莎莎和真子手挽竹籃出現在本壘板後方，立刻移開視線，盯著前方捕手，專注於自己的練習，但聽得見場上其他人交頭接耳。

「莎莎旁邊那女生是誰？」

「嗯，好像在哪裡見過⋯⋯」

「是不是山下屋的？」

「對啊！是不是山下家的女兒！」

「哦，她們把什麼東西交給阿貴先生呢。會不會是山下屋的駄菓子？」

「是的話就太好了！從來沒吃過駄菓子呢！」

那天練習結束後，每個人都從李阿貴手中拿到一袋金平糖。大家都是第一次吃金平糖，感到很新奇，蕉葉也喜歡這香甜滋味，但山下真子出現多少讓他感到彆扭。

「你是不是看到山下家的女兒，感覺不舒服？」那天夜裡就寢前，樹悄悄問他。

「沒有啊。」他立刻否認。

「應該沒有別的意思，只是梅野選了山下屋的菓子，她才跟莎莎一起送糖來。」蕉葉一臉無所謂的樣子，從壁櫃拿出鋪蓋和枕頭，如常鋪在紙門邊他的位置，很快鑽進被子，躺平了閉上眼睛，不再說話。

樹的床就鋪在蕉葉旁邊。熄燈之後，他很快就睡著了，蕉葉卻睡不著。這是接近新月的夜

五、踏上野球征途

95

晚，紙門外一片黑沉，屋內悄然無聲，只有眾人睡夢中穩定的呼吸聲。

山下家的女兒真的喜歡我？蕉葉看著墨黑的空間，感到難以理解。日本人喜歡生蕃是前所未聞的事，他覺得光憑一張臉實在無法解釋。而且，就算他也喜歡真子，山下夫婦也不可能接受女兒和生蕃往來。總之，連本島人都瞧不起生蕃，更別說日本人了。

他知道自己心裡還是在意真子，否則不至於一個人醒著發呆想這些。今天真子和上次一樣，穿著鼠青色和服外加深色袢纏，畢竟是商家女兒，顯然比慣於勞動的莎莎畏風怕冷。今天她的臉被秋風凍得泛紅，又或許是因為心事而臉紅。其實她那織巧姿態很可愛。

不過，算了吧，蕉葉心想，不可能的事不用去想。山下真子，她不過偶然間做著少女的夢，等到山下夫婦為她物色夫婿，她自然就把農業補校的生蕃忘得一乾二淨了。

新年過後，花崗山球場邊多了以前沒見過的旁觀者，一個顯然還在讀小學校的男孩，自我介紹名叫吉田恭太，非常喜歡野球，因而不請自來。

「你怎麼知道我們在這裡練習？」蕉葉問。

「聽山下屋的姊姊說的。」恭太回答。

恭太的父親是花蓮港小學校的教師，他們家就在山下屋隔壁，恭太又是獨子沒有玩伴，總愛往山下家跑。真子每天都會給他一兩個糖果，因此獲得他的愛戴。

「愛戴？」聽到恭太的用詞，蕉葉笑起來，「你才幾歲，很會說話啊？」

「我十歲了！」恭太挺起胸膛。

以十歲男孩來說，恭太算是身材矮小，但看球極有熱忱，每天回家寫完作業立刻跑來，一月的海風又溼又涼，但他毫不在意，總是戴著一頂深色野球帽，在制服外加上厚實的呢大衣，雙手收在口袋，坐在場邊興味盎然看大家練習。

蕉葉以為真子遲早會與恭太同來，屆時又得裝沒看見，但日子一天一天過去，花崗山上始終不見真子身影。原本想迴避的心情落空，陷入莫名的失望，不過很快又被李阿貴宣布的新消息拉了回來。

「現在正在安排比賽的事。」李阿貴滿臉笑容，「我們會去西部和其他學校比賽喔。」

但在這之前，他們得先確立球隊名稱。李阿貴說，江口和梅野商量後，決定以高砂為名。為了讓他們有實戰經驗，接下來「高砂」野球隊將和花蓮港所有主要球隊比賽，廳、朝日、鐵道、天狗、製糖等等。第一場對朝日隊的比賽預定在二月底舉行。

「蕉葉要對上阿貴先生呢！」大家都很興奮。

「我怎麼比得過？」蕉葉說，「阿貴先生是我們的教練，投球是他教我的。」

李阿貴笑得瞇起眼睛，「我不見得能取勝，畢竟高砂個個都是強打。」他指向樹，「尤其嵐君，我肯定要被他擊出全壘打了。」

「不管哪一隊贏了，都是阿貴先生的功勞啊。」魚說，他是李阿貴認為頗有資質的另一名投手，現在他的速球幾乎追上蕉葉，只是還不大能掌握變化球。

「真會講話！」山在旁邊竊笑。

五、踏上野球征途　　97

「但是，」李阿貴換上鄭重神色，「因為我是朝日的投手，又是高砂的教練，我只能分別向兩隊提供底線的情報。我告訴朝日，露君是犀利的投手，嵐君是強大的打擊。那麼，我可以告訴你們的是，朝日最強的打擊是秋澤，至於我的球路，」說到這裡他又笑起來，「其實你們也很清楚了。」

蕉葉並不在意什麼秋澤夏澤，但很高興終於有正式比賽可打。他和其他人一樣，想驗證自己半年來的努力。恭太幾乎每天都來觀看練習，總是好奇追問眾人會不會緊張。

「緊張是最無用的情緒，不是嗎？」蕉葉笑著將手中野球拋上拋下。

「冷靜是蕉葉最大的好處。」山這樣評論。他在所有人中年紀最長，平常也愛打鬧，但在關鍵時刻總會拿出哥哥的態度。

「在比賽中面對阿貴先生，我還是會緊張吧。」樹老實說。

「等站上打擊區，你就不會緊張了。」山一副瞭然於心的樣子。

球賽如期在二月底的週日下午舉行。這時距離本島人過的元宵節還有五天，天氣還冷，到球場觀賽的所有人都穿著冬衣，多數戴著呢帽。梅野清太自然也來了，但他沒坐在球員區，也沒和朝日組的觀眾一起，而是與廳長江口同坐本壘板後的貴賓席。樹對這些大人物沒興趣，站在球員區旁四下張望，總算在人群中找到莎莎。

「嘿，」他對蕉葉說，「山下真子和莎莎一起來哪。」

不過蕉葉的注意力集中在別處。剛才鬼靈精怪的恭太跑來，指著朝日隊其中一人，「我打

聽到了，那個人就是秋澤，他是朝日組的新人，據說是個浪人般的人物。」

「浪人？」蕉葉順著恭太所指方向望去。球衣胸前繡著「秋澤」的男人不論容貌或身材都無甚可觀，但看他練習揮棒的模樣，似乎很有力氣。

蕉葉在書裡讀到，明治維新廢除武士階級，實施新的四民平等政策，現在已經沒有浪人了。所謂有如浪人一般，大概是說他四處流浪謀生吧。

「聽說他是第一棒唷。」恭太補充。

蕉葉目不轉睛看著秋澤，心裡盤算策略。

恭太的情報果然不錯，一局上，朝日第一名打者就是這看來並不起眼的秋澤。蕉葉站在投手丘上，和蹲捕的山交換眼色。上場前他們已經商議好，先以速球測試號稱朝日最強的打擊者。他對自己的速球有信心，沒想到第一球就被秋澤擊出一壘安打。

全場目光都落在他身上。他稍微調整帽子，看著走上打擊區的第二名打者田中。山向他打暗號，要他改變球路，但他面無表情的搖頭。這是第一局，才第二名打者，他還有試探的餘裕。

他連投兩個速球，田中都揮空了，但沒有被他的第三個曲球騙倒，最後還是被他拿速球解決。

他不費什麼力氣就解決了第三棒和第四棒，離開投手丘時刻意不看秋澤，回到球員區就思索起來。秋澤顯然眼力極佳，揮棒也很精準，之後勢必得拿變化球和他周旋。

「第一球就被打出去，心情低落嗎？」山坐到他旁邊。

「怎麼會？這樣就低落的話，之後還怎麼投球？」

「那就好。」山笑嘻嘻拍他肩膀，「之後用變化球試試吧。」

秋澤果然是個難纏的傢伙，選球精準之外，確實也有蠻力。整場比賽朝日只得了一分，就是靠秋澤的二壘安打得分。高砂雖然得了兩分，其中有一分是樹的陽春全壘打，但大家都熟悉李阿貴的球路，不能不說是他們佔了便宜。

「還得努力呢。」比賽結束時蕉葉搖頭。

不過，場邊「貴賓」如江口和梅野，顯然都很滿意比賽結果。第二天高砂的晚餐就多了幾種天婦羅，李阿貴說，過幾天是本島人的元宵節，也會準備元宵給他們，「是梅野先生出錢鼓勵你們。」

這是他們第一次吃本島人的元宵，軟軟黏黏的，包著白糖的餡料，吃起來很溫暖。有人出主意關掉食堂的燈，大家坐在簷廊上吃元宵，趁黑觀望晴空裡的滿月。

「離下一場和廳的比賽不到半個月了。」

「我們贏了朝日，現在我很有信心喲。」

「阿貴先生是朝日的投手，但廳的投手如何，我們一點都不知道呢。」

蕉葉和眾人坐在一起，沒有加入七嘴八舌的談話。今天下午莎莎到球場邊找他，帶來真子的口信，還有一包特別準備的金平糖，以淡藍色和紙包裝，紮著銀色緞帶。

「山下夫婦看中朝日組的秋澤先生,準備明年要讓他們結婚。」莎莎向蕉葉解釋,「現在確定了婚約,她就不能再期望你了。」

蕉葉站在場邊,手套扔在腳下,一手捧著那袋精緻的金平糖,有點發呆看著莎莎,一時之間有點反應不過來。

秋澤?就是那個浪人般的秋澤?把我投出的第一球打成安打的秋澤?他感覺心情變空洞了。說起來,他和真子只有兩次接近的機會,去年她將字條塞進他手中那個秋日,以及她隨莎莎來送金平糖那次。他一直刻意不靠近山下屋,沒想到突然聽說這樣的消息。

「你代我向她道謝。」蕉葉說,「謝謝她送我這麼漂亮的菓子。」

「你自己告訴她吧。她希望能私下和你見一面。」

蕉葉十分意外,「怎麼見面?」

莎莎建議他在晚上十點過後溜出學校,到山下屋後方等待。

「你在窗外學貓叫,真子聽到就會偷溜出來。」

這建議有點離奇,蕉葉遲疑片刻,還是決定推卻。

「這恐怕不太好。」他說,「萬一被發現的話⋯⋯說不定影響她的婚約。」

莎莎沒有試圖勸服他,很快離開球場回去工作。那之後他就一直有些心不在焉。當晚吃完元宵後,大家一如往常在十點就寢,他看著紙門上的光亮,卻一直醒著睡不著。

他已經說了今晚不會去山下屋,但莎莎臨走時說,真子很傻氣,或許今晚還是會抱著希望

五、踏上野球征途　　　　　　　　　　　　　　101

等待。他想像深夜燈火全無的山下屋，真子獨坐房間一角，望著格窗外的月光。她會等到什麼時候呢？

最後他決定溜出學校，去山下屋看看。

月下的新城通宛如另一個世界。無人走動的深色路面彷彿鋪了水銀，亮得失真。道路兩旁屋舍朦朧，狀似蜷伏熟睡的妖怪。

山下屋沉浸於黑暗，陡斜屋頂向地面投下陰影。他繞到屋後，抬頭張望。四下都沒有貓。他不很喜歡貓，因為在馬太鞍，貓會為了取暖鑽入家屋的地灶，夜裡又帶著滿身爐灰緊挨著人睡覺，早上他總是灰頭土臉的醒來。自從到了花蓮港，就再也沒有這樣的事了，偶爾想起來反而教人懷念。

「喵……」他試著發出貓叫。

他自覺十分荒唐。就算真如莎莎所言，真子會傻傻的等待，大概也不會等到午夜將近的現在吧，她大概已經睡了，我實在太自作多情。他正想掉頭離去，山下屋的後門悄悄開了，他立刻睜大眼睛。

山下真子怯生生從門後探頭出來，雙眼明亮，蒼白臉上泛起紅暈。

她在和服外加上裃纏，赤腳穿著草屐，小心翼翼關上門，走到蕉葉面前，但沒有抬頭看他的臉。

蕉葉隨手一指，「我們去那邊走走吧。」

102　　蕉葉與樹的約定

他根本不知道自己指向哪裡，反正也不大重要。他們穿過無人的新城通，慢步來到米崙溪畔。月光下，溪水顯得格外清涼。

「呃，」蕉葉打破沉默，「恭喜你要訂婚了。」

「謝謝。」真子的聲音低得幾乎聽不見。

「謝謝你送的金平糖。」

「你喜歡金平糖嗎？」她終於抬頭看他。

「喜歡。」

「我可以請春子多拿一些給你。」

「謝謝，但這樣太不好意思，那是你們家要賣的商品，還是不要吧。」

「嗯，不過，偶爾想要一點菓子的話，還是可以讓春子告訴我。」她頓了一下，又補充一句：「以後我還是住在山下屋。」

蕉葉這才想起莎莎說過，真子是獨生女，未來應該會招贅，好繼承山下屋。日本男人通常不肯入贅，不像他們邦查男子婚後都要搬去妻家。秋澤果然是個浪人般的窮小子，才會同意入贅。但即便秋澤是個浪人般的窮小子，看在山下夫婦眼裡，想必也比他這連工資都沒有的生蕃好上不知多少倍。

他落入自己的思緒，沒注意兩人之間陷入沉默。等他再回過神來，周遭只剩風吹過樹叢和水面的聲音。

五、踏上野球征途　　103

「聽說，」真子開口了，「你們要去西部打友誼賽。」

「嗯，但我不清楚細節。」

「這個，」真子停下腳步，拿出一樣東西，「這是花蓮港神社求來的御守，希望你每次比賽都有好運。」

蕉葉接過那小小御守。米白色錦緞上織有「花蓮港」字樣，頂端打著紅色綬帶結。就像下午那袋金平糖，非常輕巧的東西，捧在掌心卻突然有了重量。

「謝謝。」他說，「我會帶在身上。」

「是嗎？」真子笑了，「那就好。祝你順利。」

他們在月下的米崙溪畔逗留大約一小時，交談斷斷續續，直到真子因為赤腳感覺太冷，兩人才循原路折返。他在山下屋後看真子輕手輕腳打開後門，和他對望片刻，然後很快溜入門後的黑暗。

他將御守握在掌心，慢步走回農校。月亮已經過了天頂，正緩慢向西方移動。他踏上校門石階，走到頂層時，周遭突然變暗了，仰頭一看，不厚不薄的雲層飄忽而來，遮掩了月光，樹木屋舍和他的影子都變淡了，目光所及的花蓮港逐漸陰鬱下來。

就這樣，十八歲未滿十九歲的這個時候，他和山下家的女兒錯身而過。這是第一次有日本女孩喜歡他。

朱鸝與春的寫真

梅野新宅完工於大正十一年秋天，是一幢典雅的兩層日本屋，前後植有幾株翠柏與黑松，周遭是開闊的花園。入秋後梅野遷入新居時，園中緩坡草地已經整頓完畢，工匠正忙著鋪設蜿蜒石徑，移植山茶和鐵樹。一切進行得比規畫中順利，在十月底前竣工。

梅野從朝日組總部帶來簡便的行李，還有幾個生蕃僕役，莎莎是其中之一。他讓莎莎依舊照管他的起居三餐，但粗重的清潔工作都交給別人，還給她一樓角落的個人房間。空間雖然不大，現在她有自己的榻榻米、寢具、壁櫃、桌子和文具。梅野還給所有僕役做了幾件漂亮的新衣服，因為「以後經常有宴會，你們接待賓客也必須穿著體面」。

搬新家後，莎莎的工作比以往輕鬆，但梅野很快又給她新的任務。他交遊廣闊，又注重社交往還，需要有人細心替他籌辦禮品等各種物件。莎莎因此經常造訪花蓮港的日本商家，也是這麼結識山下家的女兒真子。她和真子很聊得來，一度天真以為蕉葉和真子是理想的一對，不過樹在一封信裡寫道：

蕉葉是連野球都當作思考活動來面對的人，他自問是否喜歡真子之前，不能不看到生蕃和日本商家女兒的莫大差距。

莎莎不知道蕉葉最終還是去山下屋和真子見面，但她注意到，得知真子要和秋澤結婚之後，蕉葉變得比以前更穩重了。樹告訴她，蕉葉不練球的時候都在讀書，還從李阿貴手中拿到一本大正十年四月號的推理雜誌《新青年》，有日本作家的作品，也有譯介自西方的作品。推理小說讓蕉葉大開眼界。在此之前他從沒想過文字可以構成這樣的世界。他讀了橫溝正史〈可怕的愚人節〉，這才知道西方有個捉弄人的節日。

「我覺得惡作劇並不有趣。」他告訴樹。

和朝日比賽後半個月，三月下旬，高砂對廳的比賽如期展開。這次李阿貴讓魚上場投球，最後高砂以三比二擊敗廳。

廳隊輸了，但廳長江口非常高興。他和梅野已經規畫好另一場活動，邀請臺東的兩支野球隊到花蓮港參加友誼比賽，花蓮港這邊則由朝日和高砂迎戰。江口和梅野都急切想測試高砂的實戰能力。

四月底的滿月之夜，梅野在入船通的大宅舉行宴會，招待來自臺東的廳隊和製糖會社。這次來的不只選手，還有臺東廳與臺東製糖會社的高層人物。在春日的梅野家花園裡，野球選手們談野球，政商人士談的則是商貿和工程建設。

那個夜晚，梅野家真是亮麗極了，從大門到園中道路，一路張掛梅花點綴的米色燈籠，燈火與滿月輝光相疊，在園中蜿蜒小徑投下幾重搖曳光影。緩丘頂端是氣派的房屋，現在燈火通明，梅野家的僕役從屋內端來美酒好茶和各種點心，供晚餐後的客人享用。

梅野和江口同坐緩坡上的帳篷，同一個帳下還有臺東廳廳長市來半次郎及臺東製糖會社社長久保良次。

市來警務出身，年近六十還剃著極短的小平頭，一雙細長瞇眼，長在那粗糙的臉上，不顯得和善慵懶，卻給人沉悶甚至狠辣的印象，現在他一手摩挲頭頂，好像很享受髮根摩擦手掌的刺癢感，一邊哈哈哈對江口笑起來。

「江口先生比我有能耐。」市來毫不客氣就著酒盅牛飲，「江口先生很快就料理托西幼社的凶蕃，我卻至今沒能為被馘首的遠山次郎先生報仇。對了，江口先生怎麼料理那些凶蕃呢？」

梅野看出市來已經半醉，現在這番問話雖是官吏閒談，其實多少帶點挑釁意味。他正考慮是否插話圓場，江口已經笑著回答。

「我讓八通關越嶺道上的大分駐在所假裝要與他們和解，藉機將他們逮捕。我向總督府報告過後，就讓大分駐在所處死他們。」

市來還笑著，「就在深山裡處死嗎？有多少人？是用槍處決？」

江口搖頭，「是活埋。」

「活埋？」市來的瞇眼張開了，「活埋？」

「是。一共二十三人。」

這恐怖處決讓市來立刻清醒過來。他的臉本來就因為酒精而發燒，現在更像受了什麼難堪

打擊，整個泛紅起來。一個少女端來綠茶及和菓子，正好給他解圍。

「梅野先生連僕役都這麼優雅。不說的話，還以為是梅野先生的女兒呢。」市來端起面前的綠茶，解渴般喝一大口。

「我怎麼會有這麼大的女兒呢。」梅野一笑，轉頭望向帳篷邊的莎莎。她顯然聽到市來的話，也覺得有點滑稽，嘴角微微上揚，但還是恭謹的欠身行禮，抱著托盤退下。

「我們似乎岔題了。」製糖會社社長久保良次插話進來，「原本在說花蓮築港的事。」

「確實，還是該說正經事。」梅野附和，「會長也願意幫忙宣傳吧？」

「願意是願意，但光靠野球，真能達到效果嗎？」久保不像市來，飲酒節制但幾乎不停，雖然面前多了綠茶和漂亮的和菓子，還是繼續悠哉喝酒。

「因此特別邀請臺東廳的隊伍來切磋。」江口說，「臺東廳隊的水準在花蓮港廳隊之上，若是高砂可以取勝，那也是一則新聞。」

「廳隊或許會失敗，我們製糖隊應該可以輕鬆取勝。」久保信心滿滿。

兩日後，臺東廳隊以五比四贏了朝日，隔日臺東製糖隊迎戰高砂，卻以三比六慘敗。

這是一場奇怪的比賽。製糖隊在前兩局就攻下三分，一直領先到第三局，場邊觀戰的久保滿臉笑容。但四局上，投手蕉葉好像看透了什麼，之後只被製糖打出零星一壘安打，沒再讓對手站上得分圈，同一時間高砂的打擊者就像突然驚醒一般，連續擊出安打，很快拉開比分。久

保臉上笑容消失了,但並不惱怒或失望,取而代之的是驚奇。

「江口先生說得沒錯啊,」久保對同坐貴賓席的梅野說,「這個球隊很有才華,但是,怎麼說呢,似乎不大穩定。好像打了幾局才睡醒過來。」

「是吧。」梅野說,「他們去年秋天才開始打野球,平時還要兼顧農校課業。」

「以他們這種打法,要與西部競賽,成績如何很難講。」

「主要看他們上場後能否突然醒來。」梅野輕鬆開著玩笑。

「今天這場比賽,《東臺灣新報》想必也會報導?」

「那是當然。報社在高砂通,離這裡不遠,球賽後,久保先生要不要過去看看?」

「呀,又是朝日組社長,又是《東臺灣新報》社長,梅野先生做事想必得心應手。不像我,在臺東製糖已經有點幹不下去了。臺東委實不適合製糖業。今年我們減資,將一半的資金另外設立臺東拓殖會社,改經營移民、屯墾和鐵道,但世上果然沒有一件事容易做呢。」

「鐵道若是經營得好,幾年內可以賣給總督府鐵道部吧,田總督一定樂意的。」

「梅野先生若是能幫我們多說幾句好話就太好了。」

「久保先生太過客氣。明明是我們希望結合臺東廳的力量,一起爭取花蓮築港,畢竟臺東也能因此受惠的。」

在所有比賽結束、客人離開花蓮港之前,久保還多次受邀到梅野宅邸晚餐。他與梅野年紀相若,都是獨身在臺灣的成功企業家,兩人私下談話,遠比江口和市來在場時候愉快。梅野並

五、踏上野球征途　　　　　　109

且介紹來自大阪的青年攝影師坂本彌三給久保認識。三十歲的坂本初到花蓮港，拍了許多優秀的照片，現在計畫前往臺東一探究竟。久保聽說坂本要把照片賣回日本，可能做成繪葉書，意識到可以藉此宣傳臺東的新墾殖計畫，欣然同意帶坂本同去。

五月中，眾人歡送臺東廳的客人離去，梅雨才姍姍來遲。

那天晚上，梅野獨自坐在花園亭內發呆。雨夜的花園沒有燈火，只有高處屋子透出光亮。

不大不小的雨淅淅瀝瀝，水瀑一般落下亭緣，被夜風吹得微微飄動。

突然一個清脆聲音穿透雨瀑，鑽入他耳中。

「梅野先生！梅野先生！」

莎莎一手撐著寬大的黑色番傘，一手提著玻璃油燈，快步跑下小徑，奔到亭口。

「怎麼不穿鞋呢？」梅野就著燈光看清她赤著雙腳。

「來不及穿鞋了。金子先生來電呢。」莎莎就站在那雨瀑下方，雨水打上番傘，發出啪啦啪啦的聲響。

金子是江口的祕書，莎莎認為來電必有要事，因此急急趕來，梅野卻知道他是為了白天談及的一件雜務回話，並非要緊之事。

「就算金子打電話來，也不必這麼慌張。」他微微一笑，接過番傘，和莎莎一起走上小徑。莎莎腳下打滑，差點向後摔倒在溼滑的石階上，還好梅野即時抓住她腰帶。

「小心，慢慢走。」梅野放開腰帶，轉而搭著她肩膀。

「是，謝謝梅野先生。」莎莎低下頭。

她臉紅了，映上玻璃油燈，也絲毫不錯的映入梅野眼中。

高砂隊員無人放假回家，都留在花蓮港訓練，因為明年他們就要啟程前往西部，去和日本人的球隊比賽。這只是友誼賽，但要和強隊如臺北商業等一較高下，高砂還有許多必須改進之處。

小學生吉田恭太一如往常熱中看球，幾乎整個夏天都待在花崗山球場，一邊看練習一邊寫作業。小小年紀的他似乎也感受到蕉葉和真子的遺憾，因此很少提起真子，即便偶然說起，也都是他自己和真子的閒話，總不會提到真子和秋澤的婚姻。

有時候恭太會坐在場邊寫信給遠在大阪的表姊桐生美佐子。恭太向蕉葉形容美佐子是「明眸皓齒的大美人」，這老氣橫秋的說法把所有人都逗笑了。恭太唯一的苦惱是沒有花蓮港的繪葉書可以寄給表姊。如此一來美佐子只能透過他的文字來想像這港町。

莎莎聽到恭太的抱怨，馬上想起出身富裕之家的攝影師坂本彌三。夏末他遊歷臺東回來，現在依然寄住在梅野家。

「恭太君和我一起回去吧。」莎莎說，「梅野家有一位大阪攝影師呢。他拍的風景好極了，說不定會願意出售給恭太君。」

恭太喜孜孜跟去入船通的梅野宅邸。坂本正和梅野坐在簷廊上吃西瓜，喝涼茶。每有風過，掛在屋簷下的小巧玻璃風鈴就叮噹輕響，好像呼應短冊上小林一茶的俳句「涼風の曲がりくねってきたりけり」。

坂本聽莎莎代為說明恭太的願望，十分慷慨的說，提供一兩張照片沒有問題，既然是吉田老師的孩子，也不用談什麼費用了。

他入內去拿照片，梅野頗有興味的看著恭太。

「吉田老師不怎麼愛好野球，沒想到你這麼熱中。」

「是啊！」恭太大聲回答，「希望以後可以像嵐哥哥那麼會打擊，像露哥哥那樣會投球！」

「誰？」梅野一頭霧水。

「是哥哥。阿貴先生那樣叫他們。」莎莎解釋。

梅野笑著起身，「我要出門了。這些西瓜給你們，盡情的吃吧。」

不久後坂本拿來兩張照片，一張是花崗山球場，一張是米崙山上眺望的海灣景致。

「練球的是高砂啊！」恭太捧著照片，認出球場上的練習者都穿著「TAKA」制服，興奮的喊出來。

「果然是高砂的小球迷呢。」坂本笑起來。

恭太知道照片昂貴，他口袋裡只有許久存下的二十錢，還不見得能買到一張照片，現在一

112　蕉葉與樹的約定

下有了兩張，高興得不得了，抱著照片向坂本不停道謝。

「趕快吃西瓜，然後回去寫信給表姊吧。」莎莎說。

「不吃西瓜了。」恭太說，「我要回去球場，給露哥哥看照片。」

「真的那麼高興啊。」莎莎看著興沖沖奔下小徑的恭太背影。

「春子ちゃん有拍過照嗎？」坂本拿出一個黑色匣子，「這是柯達折疊口袋相機。要不要試試看？」

他順手一拉，展開相機蛇腹，鏡頭立刻伸長了。

春子頗感驚奇，但看到坂本拿鏡頭對著自己，連忙搖手推辭，「底片很貴吧？坂本先生別浪費來拍無關緊要的東西。」

「怎麼會無關緊要呢？」坂本友善的笑了。他跳下檐廊，從草地拍攝屋簷下的莎莎。鏡頭捕捉不到的世界裡，有風過黑松、搖響風鈴的各種聲響，還有朱鸝鳥低而圓潤的胡胡叫聲。

「啊，是赤色的高麗鶯。」坂本抬頭看著斜枝上的豔麗雀鳥，舉起相機設法捕捉那身影。

「沒有顏色，有些可惜呢。」莎莎說。

「可以局部上色。這樣鮮豔的羽毛，見過一次就再也不會忘記了。」

坂本回到檐廊上，將裝盛西瓜和涼茶的托盤推給莎莎，「春子ちゃん不忙的話，請在這裡多留一下吧。我想問一些關於花蓮港的問題。」

還有兩小時才要開始準備梅野的晚餐，莎莎於是欣然接受這半個下午的清閒。坂本詢問花

蓮港還有什麼地方值得遊歷，但他實在已經踏遍這港街，要獲取新景，恐怕只能轉往北方的斷崖或南方的谷地。此刻太魯閣相當平靜，然而沒有嚮導的話，他並不想隻身涉險進入峽谷，因此無意前往北方的研海支廳，倒非常好奇南方谷地裡的諸多蕃社。

「若是春子ちゃん能當我的嚮導就好了。我真想去看看馬太鞍。」

莎莎無法離開梅野宅的工作，但很高興有人願意聽她談論家鄉。

「說起這個季節，在我們蕃社，現在是準備建材的時候呢。」

「準備建材？」

「在這之前已經有收成了，現在要準備建材來蓋屋子。」

「蓋屋子是為了？」

「是祭典所需的屋子。今年的祭典大概在九月下旬或十月初吧，秋天圓月的時候。」

「是月見祭啊。」坂本興味盎然，「春子ちゃん請多說一些吧。祭典上有些什麼活動呢？」

莎莎看著前方的草地和松柏。這是精心設計過的，花蓮港街富商大宅的風景，但她始終想念馬太鞍的河流，這個時節岸邊喧譁的蘆葦花，和忙碌準備祭典的眾人。若此刻身在馬太鞍，她一定正為全家整補禮服，也許為母親編織新的綁腿和裙子，父親的檳榔袋也該有些新的點綴了。她想著在祭典的最後一天，滿月最圓的時候，穿戴最漂亮的衣裳，和女孩們在男生圈外牽手跳舞，其他女孩不免憂心被意中人拒絕，心情就像滿地躍動的人影那樣慌亂，但她跳到樹的

114　蕉葉與樹的約定

背後,會毫不猶豫拉住樹的檳榔袋,她知道樹會滿臉笑容將檳榔袋交給她,就這樣在所有人面前將關係確定下來。

「是不是太熱了呢?」坂本的聲音將她從滿月之夜拉回當下,「春子ちゃん臉都紅了。喝點涼茶吧。」

莎莎這才發覺自己沉浸於想像,臉頰都熱起來。

「不過,春子ちゃん臉紅也很好看。」坂本微笑著遞過涼茶。

幾天後,莎莎在房門外發現一個信封,裡面有兩張照片,一張是局部上色的朱鷺,另一張是簷廊下的她自己,坂本在照片邊緣以工整的小字寫著「行く春に和歌の浦にて追ひ付きたり」。莎莎不太理解這曲折文字,但感覺得到其中詩意。她把自己的照片收進壁櫃,朱鷺放在矮櫃上鏡子旁邊,每晚熄燈就寢前,總會多看那倩影幾眼。多麼豔麗的鶯鳥,若能擁有一件這樣動人的羽織該有多好。

八月下旬那個夜晚,熄燈後她睡得並不安穩。實在太熱了。睡眠彷彿池塘蓮葉,被不大不小的夜風吹得頻繁波動。睡睡醒醒好幾次,然後她意識到有人在廊上喚她的名字。門外竟是坂本。他披著滿月光華跪坐廊上,深色浴衣彷彿鑲了金邊。

「春子ちゃん很想念家鄉吧?雖然因為工作的關係不能離開花蓮港,無法回家參與月見祭,但還是可以欣賞美麗的圓月。今天可是御盆節呢。」

「御盆節是十三日,不是已經過去了嗎?」

「以前在舊曆的七月十五日，維新後才改成新曆的八月十三。」

「這樣啊。」

莎莎抬頭一看，圓月高掛晴朗無雲的夜空，顯得格外明亮，紙門開拉後涼風灌入，頓時掃去小小空間原本的氣悶。

她移坐到廊上，默默看著眼前景色，月下的草地，石頭和樹叢。

「說起來，我和春子ちゃん的狀況差不多。今天是御盆節，我卻離家遙遠，無法掃墓祭祖。我離家比春子ちゃん離家更遠呢。」

莎莎原本心頭有些寂寞，但坂本的話驅散了那情緒。

「坂本先生有回家的打算嗎？」

「沒有。」坂本笑著，「我想一直住在花蓮港。我喜歡這裡。」

「花蓮港真的這麼好嗎？」莎莎好奇的問。

「花蓮港很好。」坂本轉頭看著她，似笑非笑的神情，似乎還有言外之意。莎莎感覺有些困窘，稍微低下頭。

坂本也是個相當體貼的人。他知道莎莎天亮就要起床照料梅野一天所需，半小時後就告辭離開。他走後莎莎才想起，忘記詢問照片上那段文句的意思了。

散落花崗的鶯餅

樹和莎莎期待隔年一起回馬太鞍參加祭典，只可惜事與願違。江口和梅野將高砂西部之旅安排在隔年秋天，正是馬太鞍人舉辦祭典的時候。這表示樹和莎莎必須將計畫推遲一年。這消息一宣布，樹為之氣沮，蕉葉也覺得可惜，莎莎雖然失望，還是極力打起精神。

「只不過多等一年。」她鼓勵樹，「但你們有一年的時間可以練習，臺東那邊還會來比賽，去西部的時候，你們一定很強了。」

正如莎莎所言，一年過得很快。這一年裡，包括高砂在內，花蓮港的幾支野球隊去臺東比賽，之後臺東的球隊也浩蕩回訪。每場賽事都見於《東臺灣新報》，高砂總是焦點，成為東臺灣家喻戶曉的隊伍。到大正十三年夏末，高砂已經連勝多場，氣勢高昂。

九月初，花蓮港暑熱尚未完全散去，高砂十五名選手隨李阿貴登船，許多人到海灘送行，莎莎也隨梅野同來。兩年前還在這海灘工作的苦力們，現在坐上艀船，被其他苦力推向深水，登上航往基隆的鳥羽丸。樹和蕉葉站在船舷，不斷向她揮手。此行預計在西部待上一個多月，他們兩人從來沒和莎莎分別這樣久過。其實樹不想一直揮手道再見，好像放任心情被拖到船底。但他知道莎莎會一直看著他，直到鳥羽丸消失在海面，他不想讓她不好過，於是奮力揮手。

他們以苦力身分工作過的長長海灘終於再也看不見了。樹窩到一個角落，開始寫信給莎

莎，如實說明方才感受。

不只因為道別會影響心情，眼看你的臉和身形變得愈來愈模糊，也會影響心情。我們下午就會到基隆了，再過幾天就要和臺北商業比賽。他們是拿到臺灣代表資格，參與全國中等學校優勝野球大會的球隊，是我們此行一大勁敵。無論如何我希望抱著一顆平靜的心踏上球場。

他信只寫了一半，就被拉去看幾名水手玩法式紙牌，剩下那一半直到數天後的深夜才寫完。那時他們已經在基隆贏得「西征」的第一場比賽，也輸掉臺北的第一場比賽，以三比七敗給臺北商業。

蕉葉表現得不差，還是被連續擊出安打，只能說臺北商業的選手眼光銳利，動作迅捷。不過他沒有因此氣餒。我想這就是他比我優秀的地方吧。今天我只打出一支一壘安打，對得分毫無幫助。好像先前的海上航行澆熄了打擊火氣。現在我非常懊惱。

為了拋開那些情緒，他轉而形容來到臺北所見一切。他們落腳在臺北明石町朝日組辦事處，十五人分睡在兩個閒置的房間。辦事處對面是一家極其氣派的西洋式旅館，據說一個房間一夜的價格高達十六円，「阿貴先生說，就算梅野也不會輕易住這家旅館」。他們和臺北商業

118　　蕉葉與樹的約定

比賽的場地就在明石町新公園內，與花崗山球場相比並無出奇之處。

臺北真正的好球場在圓山町，據說是為了皇太子裕仁親王臺灣行啟建造的運動場。我差點忘記去年春天皇太子來臺灣呢。在花蓮港的時候，覺得西部的事情非常遙遠的關係吧。阿貴先生說，我們離開臺北之前沒有機會去圓山町，但蕉葉希望能去一趟離這裡不算太遠，在本町和榮町交口的新高堂書店，雖然我們誰也沒錢買書。

寫信的時候，他還期待後日與總督府隊比賽能夠扳回一城，但總督府隊有職業球隊的水準，高砂以四比九落敗。這場比賽由魚上場，他比較容易緊張，目睹蕉葉敗投更是忐忑，果然在場上屢屢失誤，一場比賽竟然投出四個保送。

為此李阿貴做了一個乾脆的決定，帶他們十五人去明石町一家料亭晚餐。光看地點和門面也知道，這家餐廳並不便宜，但李阿貴手中有梅野交託便宜使用的金錢，他決定今晚善用美食，給大家寬心打氣。在面對假山庭院的典雅房間裡，他們圍長桌而坐，腳下的榻榻米和坐墊都是他們沒見識過的高級品。

「你們怎能因為輸掉兩場比賽就垂頭喪氣呢？」李阿貴說。

「江口先生和梅野先生還有阿貴先生，把我們組織成野球隊是有目的的，但我們顯然沒能達到預期。」

說話的是蕉葉。他知道這不只是他的想法，也是其他人的憂慮。一直輸球的話，前往日本比賽也不可能了。一直輸下去的話，江口和梅野大概會解散高砂，他們就要從農校學生又變回海灘苦力了。

「話是不錯，」李阿貴說，「但你們為了輸球愁眉苦臉，明天就會贏球了嗎？不會的話，對朝日組或花蓮港廳又有什麼好處呢？身為教練，我無法告訴你們贏球的祕訣，因為贏球並沒有祕訣，但與選手的心態密切相關。你如果始終想著輸球的後果，那根本就分心了，輸掉也不奇怪，或者說，不輸才奇怪吧。」

「因為我們想太多所以輸球了嗎？」

「因為你們沒有把注意力集中在當下。就像現在，我們在這麼優雅的環境，面前有這樣的美食，你們卻在懊惱已經輸掉不能重來的比賽，擔心會不會因此不能去日本。是不是要等明天再來懊悔現在沒有好好享受呢？」

「欸，是啊，阿貴先生說得有道理喔。」山拍著手，用手肘輕推一下旁邊的魚，輸球的關係，他一直垂頭喪氣。

「明天我們要練習，我會詳細說明我觀察到的問題，但那怎樣也是明天的事了。」

紙門外月色明亮，連庭院假山也顯得晶瑩。十五名少年在李阿貴勸解下總算慢慢露出笑容，還喝了一點酒。李阿貴問大家在臺北有沒有特別想做的事，幾乎所有人都說，好奇為皇太子興建的新運動場是什麼模樣。圓山町距離明石町約五、六公里，這對苦力出身的生蕃來說不

是問題，一小時就能走到，根本不必搭乘一張票就要三十錢的市內乘合自動車。於是眾人在餐桌上決定，明天一早就步行前往圓山，務必在十點前回到朝日組辦事處。蕉葉對球場也很感興趣，但更想逛書店，決定不參加前往圓山的旅程。

「露君真的很愛讀書啊。」李阿貴看著蕉葉點頭。

隔天蕉葉來到榮町，總算見到知名的新高堂書店，黑瓦紅磚的三層建築氣勢十足，他站在對街不禁有些發呆。衣冠楚楚的人們來去進出，人力車夫在騎樓外等待客人，也有乘合自動車在此停靠上下客。目光所及處可見電線竿上掛著一個大鐘，屬於書店隔壁的佐藤時計，幾個人站在鐘下，似乎以此為相認地標，正翹首等人。

他過街走入書店。地面層有各種各樣的書報雜誌、文具和樂器，二樓從天花板到地板擺滿了書，三樓是個集會場地，現在樓梯口貼出當天傍晚的活動，是一場小型音樂會，旁邊還加註，明日新公園露天音樂會請至一樓購票。他在二樓書架之間走了幾圈，又到一樓去翻看雜誌。他找到去年四月號的《新青年》，在裡面發現一篇名為〈兩分銅幣〉的故事，作者有個奇怪名字叫做江戶川亂步。此人述說他與好友松村武走投無路，困居在一間寒酸木屐店二樓，看到一則轟動社會的竊盜案，不禁對盜賊的巧妙手法感到羨慕。

「兩人已經窮困潦倒到說出這樣的話……」蕉葉一邊讀著，突然背後有人說話。

「你是那個蕃人野球隊的投手？」

蕉葉轉過身來，面前是個穿著臺北商業校服的少年。他下意識看向自己胸口。花蓮農業補

五、踏上野球征途　　121

校的制服上沒有校名，不知這少年怎麼認得他。

「你是那個蕃人野球隊的投手？」少年興致高昂，「前幾天敗給有森的投手就是你吧？」周遭的人都轉過身來。蕉葉感覺眾人目光落在身上。

「那場比賽我們輸了沒錯。臺北商業的打擊很強。」他平靜回答，不想顯出受了影響的樣子。

「你比有森年長，卻輸給他了，為什麼呢？」少年問。

現在蕉葉看出這少年是真好奇，而不是想挖苦。

「就是我投球不行吧。」他設法露出自然的微笑，然後轉身繼續看手中的《新青年》雜誌。他把注意集中在眼前文字，用力得連眼睛都痛了，耳朵似乎也因此變得不靈光，周遭聲音趨於朦朧，好像透水傳來，無法分辨內容。

他沒再聽見旁人言語，卻也沒能繼續讀江戶川亂步的故事。他發覺自己處在一個純然專注於空無的狀態，視力雖然正常，看著那一行行字卻無法轉換為理解。幾分鐘後他放下雜誌，走出書店，看著人潮發呆。

蕃人，剛才那少年這樣叫他。這本來是他聽慣的詞語，說不上多麼反感，但此行的一則聽聞讓他首度思考這詞彙以外的可能。據稱去年皇太子來訪時曾說，既已確立內地延長主義，內地和本島之間不該有差別對待，也不宜再使用「蕃人」這不雅詞彙，應該代以「高砂族」。他不至於天真到認為皇太子一句話，就能讓所有人瞬間改口，但確實好奇未來是否真會改變。

122　　蕉葉與樹的約定

然後他想起去年接替田健治郎出任臺灣總督的內田嘉吉。此人曾任總督府民政長官，總掌蕃務，對本島人和蕃人極不友善。當然，內田不可能永遠當總督，但未來究竟會怎樣呢？有一天，本島人和內地人會沒有區別嗎？真有那一天的話，他們就不會再叫我們蕃人了？

別人是否看輕我，和我的表現不見得有關。他漸漸有這樣的領悟。就算前幾天高砂贏了北商，剛才那少年還是會在新高堂書店大庭廣眾下叫我蕃人吧，頂多稱我為贏過有森的蕃人投手，但總而言之那蕃人兩字不會除去。

打好野球，真的能讓我獲得別人的尊敬嗎？

偏偏除了打好野球，眼前也沒有別的路可走。

那天稍晚的練習，蕉葉始終沒能擺脫這些念頭，總感覺有很多疑問在腦海沉浮不定。奇怪的是，那種近乎分心的狀況反而有助於投球。站在投手丘上，他清楚感覺自己看著前方捕手的同時，也張開雙耳聽見周遭與內心所有雜沓聲音，就像野手的手套，為了確實掌握球的進出，大張後從容收攏訊息。這給他一種準備周全的安定感。他收在手套下的右手以食指和中指扣著球的外側縫線，從這手指尖端到專注的雙眼，體內有一道奧妙細線連結著，他預先看見這一球投出後的路線，那光亮弧線彷彿在空氣中擦出火花。他用力投出，球呼嘯落入捕手手套。向打者外角下墜的弧線一如他所預期。

意念驅使身體動作，一切流暢無比，他對投球有了新的領悟。在投手丘上投球，和與隊友練習傳接球，兩者身體動作約略相似，但意念截然不同。前者動作的每個節點都經過計算，目

五、踏上野球征途

標明確，後者自在鬆弛，是無需思考也無從思考的反射。在腦海中切換這兩種活動，他有一種張弛之間耳目一新的感覺。以前投球，好像沉在海中，遠近距離都不清晰，看什麼都不真切，現在有如大夢初醒抬起頭來，眼耳露出海面，視野明亮了，事物遠近相對關係都一目了然。

不過，那天之後，在臺北的第三場比賽，高砂還是以四比六敗給大正製藥。

這結果不令人意外。比賽前李阿貴就如此預期，因為大正製藥就和總督府一樣，都是職業水準的球隊。

「難得有這麼強的隊伍切磋，你們盡力就是了，想太多沒有用的。」李阿貴鼓勵他們。

作為敗投投手，蕉葉全然沒有先前敗給臺北商業的負面感受。現在他知道自己的心態足夠穩固，不夠穩固的是技術。

「我一定要練成幾種變化球。」他告訴魚，「因為我的速球不見得管用。」

那時他們在前往新竹的火車上。窗外下著細雨，但天色並不陰霾，正是秋意逐漸滲入暮夏的時候。

「我和你一起練。」魚說，「你好像突然有進步。」

「算不上進步，只是有新的領悟。」

李阿貴就坐在他們背後，微笑看著窗外景致。他也已經看出來，蕉葉不知基於什麼原因突然蛻變。昨天的賽場上，蕉葉不只表現從容，站上投手丘的神情也是前所未見。他漂亮的面孔彷彿披上薄霜，眼神好像深邃的森林，眩惑觀者的眼睛。

他完全沒有問蕉葉發生什麼事。直覺告訴他，要協助蕉葉和樹，最好的方式就是信賴他們會找到自己的路。

樹坐在走道另一側，正低頭寫信給莎莎。

所有人都看出來，蕉葉一夜之間變了。他告訴我逛新高堂書店，被人大聲叫蕃人的事。他說那討厭的事情不知怎麼的，讓他突然能推開一切，專注在眼前。我不是很懂，但我同意他說的——打好野球是現在我們唯一能做的事。就算不是也沒有別的路了。

🌿

踏上西征旅途的一個多月裡，樹寫了很多信，但礙於郵資，他一封也沒寄出，打算全數帶回花蓮港，像往常交換信件那樣親手交給莎莎。

莎莎沒收到樹或蕉葉的信，但從梅野口中聽聞戰果。在臺北連三敗以後，高砂在南部的比賽幾乎無往不利，只有對上臺南高商以一分之差落敗，此外都輕易拿下勝利。整體說來，九場比賽五勝四敗的結果稱不上出色，但確實合乎當初久保的預言。高砂富於爆發力，只是穩定性有待加強。《東臺灣新報》報導高砂西征之旅，並透過梅野引述教練李阿貴對此行的綜合評論：

五、踏上野球征途　　125

主力投手ロッオ最先展現穩定性。敗給臺北商業和大正製藥之後，他很快找到安定自我的方法，之後的比賽沒有再輸過。另一個投手ブテイン很有潛力，但不夠穩定。擅長長打的キラン在最後幾場比賽的爆發力更甚以往，也同樣有穩定性的問題。

熱心球迷吉田恭太沒有漏掉這些新聞。他剪下家中報紙，附在給表姊桐生美佐子的信裡。

報導中說的主力投手ロッオ就是我信裡每次提起的露哥哥。阿貴教練說他找到自我安定的方法，我迫不及待想見到他的新模樣。等高砂回到花蓮港，我又會變得非常忙碌了，因為每天都要去花崗山球場看他們練習。我答應父親，即使在球場邊也會寫好作業。若是做不到的話，以後就不能一直待在球場了。

這一個多月裡，莎莎沒怎麼寫信，因為她多了心事，經常感到煩惱。

第一件煩心事就發生在送高砂上船那天。她站在梅野身邊，看船漸漸遠去，想著從來沒和他們分隔這麼遠過，明知一個月後他們就會回來，還是無法克制心頭難過。嘴角彷彿被繩牽動，不由自主垮下來。

「你放心，朝日組代理的船很安全，他們不會有事的。」

她抬頭一看，梅野正和藹的對她微笑。他猜錯她的心事，但那理解神色讓她略覺好過。

126　蕉葉與樹的約定

大船遠去之後，她隨梅野沿沙灘邊緣往北走。太陽正向天頂攀高，兩人的影子是沙上的短小侏儒。日光熱烈起來。

將到入船通時，她突然腳下一絆，差點摔倒在滾燙的沙灘，原來草屐的帶子斷了。

「乾脆不要穿草屐好了。」她說。

「現在地面太燙，不要踩。」梅野在她身旁蹲下，低頭端詳斷了的帶子，又抬頭對她一笑，「沙很燙，不要踩。你一隻腳的話，搭著我肩膀吧。」

莎莎以腳趾試探一下沙地，儘管隔著襪子也感覺到熱氣，只好照梅野說的，微微縮起一腳，雙手搭著梅野肩膀。他一如往常穿著正式的西裝，也被太陽曬得熱呼呼的。

她轉頭望向東方。寶藍色的海面彷彿披蓋縐紗，波動閃現許多層次，雲朵飄浮蔚藍天空，白得亮眼，幾乎無法逼視。

無邊無際的大海，這情景讓她心頭變得空洞。前幾天她聽坂本說，每次在岸邊看海，總因為海洋無垠而感覺心滿意足。想來坂本先生這樣富裕出身的人，內心也很富裕吧，大概無法體會我面對大洋感受的無依和變幻。這樣說起來，梅野先生想必也無法體會我的感受。

「你在看海嗎？」梅野的聲音傳來，「你喜歡海？海雖然美麗，但我看著這樣的大海，總是無端寂寞起來。」

「為什麼呢？」莎莎回過頭來，看著梅野低頭的側臉。

「會想到海的遠方，有告別了不想再見，卻無法爽快拋棄的人。」

五、踏上野球征途　　127

莎莎聽說，梅野很年輕就結婚了，但從沒聽他提過妻子，也許他說的就是沒人見過的梅野夫人。她非常好奇，但又覺得這太過私人，她身為僕役不該過問。

「那，好了。」梅野把草屜推到她腳邊，「不很牢靠，但走回家應該沒問題。」

她穿上草屜，隨梅野走過又一段沙灘，轉上入船口。華麗的梅野宅邸還在五六百公尺外。那天她開始意識到，梅野對她的關心並不平常。他的言行舉止不知何時悄悄越過和善雇主的界線，開始帶有一種親暱感。她不知道該怎麼想這些才好。

除了梅野，還有那個寄住在梅野家的青年攝影師坂本。自從那個燠熱夏夜來敲門，之後他還來了好幾次。他總是挑有月光的時候，邀她同坐廊上欣賞夜色。他靠近和她說話，給她看新的照片。距離太近總是讓她緊張。

十月初這天夜裡，她正朦朧入睡，有人輕輕敲門。大概又是坂本先生，她坐起身來，看著隱約映上紙門的身影。今天比平時忙碌且疲憊，還是推辭賞月吧。

她穿上袢纏，拉開紙門向外探頭。

坐在廊上的不是坂本，而是梅野。他身披外套，雙臂收在袖子裡。

「梅野先生？」她睜大眼睛，頓時睡意全消。

「出來坐坐吧。今晚月夜不錯。」

梅野臉上帶著微笑，但他似乎另有心事。如果他想找人談心，應該會主動開口吧，莎莎心想，於是依言坐到旁邊，雙手疊放膝蓋，略微低頭看著前方。廊下草地沾染夜露，顯得晶瑩可

愛。

但梅野始終沒說什麼，只是出神看著攀高的半月。一刻鐘後他要走了，剛站起身，突然向她伸出手，她正好抬起頭來，感覺梅野的手在臉頰邊碰了一下，頓時臉紅不知所措不過梅野的手沒有停在她臉上，剛才那一碰似乎只是湊巧。他的手落在她肩上。

「這祥纏勾破了。」梅野說，「天氣就要變冷，給你再做一件新衣服吧。」

「只有一點破損，在家裡穿沒問題的。」

「嗯，但你外出也得穿完好的衣服。」

她低聲道謝，他轉身走了，走了幾步又回過頭來。

「你和坂本君相處得很好，是吧？坂本君很喜歡你，說不定邀你陪他旅行。」

「為什麼會和梅野先生說這些呢？」她頗為困惑。

「他邀請你的話，你要去嗎？」梅野不理會她的問題。

「呃，我要工作啊。」

「若是我讓你去呢？」

她大吃一驚，立刻站起身來，「梅野先生要辭退我？是我哪裡做得不好嗎？」

「我沒這麼說啊。」梅野被這劇烈反應嚇了一跳，「我只是問你要不要陪坂本君旅行。」

「旅行……我負擔不起旅費，怎麼旅行？」

「想來坂本君會負擔一切吧。」

五、踏上野球征途

她這才醒悟，坂本不是邀請她旅行，而是向梅野要人。

「不……」她困窘的搖頭，「我……我想在這裡工作，不想陪誰去旅行。」

「我去旅行的話呢？」

「梅野先生去旅行？那……如果梅野先生要帶人一起，要帶我的話，我當然會去。我的工作就是照顧梅野先生。」

「不是工作的話你也照顧我嗎？」

「不是工作的話？」她睜大眼睛看著梅野。他不像在開玩笑，令她更加不知所措。

「答不出來？」梅野一笑，「算了。去睡吧。」

他轉身走了，消失在長廊轉角。她回到房間，拉上紙門，褪下裌纏，鑽進被窩，蜷起身體，面對微微透光的紙門，想著剛才那番對話。她應該沒有誤解梅野的意思。但他這麼問了，現在怎麼辦？今天他沒要答案，明天他還會問嗎？她非常心慌，不知如何是好。

不過第二天梅野一如往常，彷彿沒有昨夜的事。坂本也是，儘管每天都會碰到，旅行什麼的卻都沒提。終於有一天她忍不住，趁著四下無人向坂本問起。

「聽說，坂本先生打算去旅行？」她試探著說。

「旅行？是指去太魯閣峽谷嗎？那算是工作吧，不能說是旅行。」

坂本說，多虧梅野和江口幫忙，為他找到一名可靠的生蕃嚮導，過些時候就要帶他進入太魯閣峽谷。

「終於能夠如願見到那峽谷了。」坂本顯然很開心，而且單純只為此事開心。

「是啊，恭喜坂本先生，期待看到新的照片。」

她裝作為他高興，獨處時候卻懊惱起來。莎莎，你以為你是誰呢？坂本先生不過好奇谷地裡的風景事物，找過你幾次，你就真的以為人家喜歡你嗎？你不過是梅野家的僕役罷了。責備自己的同時，她也感到不解。顯然坂本從來沒有找她同去旅行的意思，那天晚上梅野又為何那麼說呢？

雖然非常疑惑，她不敢再多問了，在心裡暗暗期待這件事趕快過去。

應該會這樣過去吧？

但實情並非如此。一個深夜裡，梅野又敲響她的門，而且不等她答應就自己進來，她嚇得幾乎叫出聲來。這天已近新月，紙門外夜色黯淡，房內又更加昏暗，她只隱約看出梅野在離她不遠處坐下。她想問有什麼事，卻又不敢，抱著棉被縮在床褥一角。

梅野的心情不比她好。事實上，現在是他這麼多年來情緒最差的時候。來臺灣這些年，他和妻子已經形同陌路，幾乎從不聯絡。今天他收到妻子罕見來信，大意是說，婚姻走到今天，心裡實在無法放棄自己的人生，現在遇到一個很好的男人，對方諒解她的處境，願意給她時間處理複雜的問題，因此今天來信正式提出離婚的要求。

「你在臺灣這麼多年，身邊一定不缺女人吧？現在我也希望身邊有個可靠的男人。」妻子信中這麼寫。這句話比什麼都更令他難過。以他的身分和財富，要女人並不困難，但這些年來

五、踏上野球征途

131

他身邊很少有女人，因為他並不好尋歡作樂，在他眼中有許多事比一時歡娛更重要，比方說，花蓮港的建設事業。他比起多數日本男人檢點得多了，卻還是被妻子說了那樣的話，她大概深信不講傷人的話，他就不會同意離婚吧。確實，離婚等於兩個家族的醜聞，他很難同意，但妻子這話又讓他打從心底升起惡感，確實有立刻同意離婚的衝動。

他扔下那封信，走出房間，不知不覺就走到這裡。擅自拉開紙門踏進屋內的時候，他知道自己並非和妻子賭氣，不是為了對方「身邊不缺女人」的惡言而來找個女人。他只是在這個極不愉快的時刻，很自然想起向來細心照顧他的單純少女。他也不是自欺欺人之徒，早就發覺自己對這少女的好感超乎尋常，而且過去一兩年裡，維持主僕距離似乎愈來愈難了。他知道可以輕易把她變成自己的女人，畢竟這是一個嚴重傾斜的關係，她的生計全在他手裡。但他不想強迫她。他記得當初她被大村騷擾，衣衫不整狼狽在他身後的情景。若是用強的話，不就和大村那傢伙一樣了嗎？

「春子。」他在黑暗中開口了。

「是，梅野先生⋯⋯」黑暗中傳回莎莎膽怯的聲音。

「我剛才⋯⋯在房間遇到妖怪。我今晚在這裡過夜。」

「啊？」莎莎驚呼，「這裡有妖怪？」

雖然黑暗中什麼也看不清楚，但莎莎顯然十分驚慌，大概真的相信他遇到妖怪，這讓他立刻感到過意不去，但話已出口，也不能半途收回。

他不再多說，上前摟著她一起躺下，張開她抱在胸前的棉被，蓋住兩人。莎莎不知怎麼反應才好，屏息被他抱在懷裡。

他側身面對她，解開她的浴衣，伸手進去摟住她的腰，將這赤裸少女往自己身上拉。他閉上眼睛，雙手慢慢摸索她的身體。她的手腳因為勞動而粗糙，但不曾暴露在日曬風吹的部分細膩潤澤，在他的撫摸下微微發抖。

他就快要陶醉在這溫暖當中，突然有人敲門，讓他瞬間清醒過來。

「是坂本先生⋯⋯」莎莎驚慌起來。

「沒事。你躺著。」他手裡拿著一疊照片。

來人果然是坂本。他手裡拿著一疊照片，要來分享作品。

「梅野先生⋯⋯」坂本非常意外，「呃，梅野先生怎麼會在這裡？」

梅野微微一笑，「為什麼在這裡還需要說明嗎？」

「啊，」坂本恍然，倒退了一步，「我懂了。那⋯⋯很抱歉打擾了。」

坂本匆忙奔去，他再度回到屋內，又躺回莎莎身邊。現在她縮成一團在哭泣。

「為什麼哭？」

「我很害怕⋯⋯」

「害怕什麼？」

「我不知道梅野先生要做什麼⋯⋯」

五、踏上野球征途

他在黑暗中沉默片刻,「你覺得我會傷害你嗎?」

「梅野先生……不會傷害我吧……」她的聲音很微弱,帶著哭泣的鼻音。

「所以你可以放心了。不用害怕。」

他伸手到浴衣下,像剛才那樣撫摸她,直到她停止抽泣,呼吸慢慢穩定下來,又逐漸轉而急促。她原本蜷縮的身體現在緊貼著他,捏著褥的手現在揪著他的浴衣。他伸出雙臂緊抱住她,一手伸到背後解開腰帶,褪下浴衣。

他腦海深處留有妻子落櫻般的殘像,現在終於可以淡去了。那形影就永遠的留在長崎吧。他懷抱裡的女體豐潤又強韌,像花朵又像實木。他打算長久依託這蠻蕃之地,把握這土地獨特的果實。

他在花蓮港,大洋與蠻荒邊緣勉強開拓的街市。

然而對莎莎來說,這是個不明不白的夜晚,她無從理解,又因為相信梅野是好人而更加迷惑。如今自己究竟處在什麼位置呢?她期望梅野會明白告訴她,就像過去在工作上給她指示那樣。但隔天梅野沒什麼表示。不過,黎明時分,離開她的床褥時,他顯出非常留戀的樣子,將她緊緊抱了許久。

這一天也是高砂返回花蓮港的日子。她打起精神,設法表現如常,隨梅野去海灘迎接。秋陽和煦,落在略顯冷清的沙灘上。才過了一個多月,就連海灘風景都不同了。她顯得有些疲憊,甚至憂慮,臉上有一種他不曾見過的神情。他關心詢問,她只說昨夜做了惡夢,幾乎沒有休息。

沒在莎莎臉上見到他預期中的雀躍神情，樹和其他人一起回到農業補習學校，繼續課業和練習，回復到平日生活。莎莎每週日有半天休假，會在學校門口等他和蕉葉，三人一如往日四下閒逛，或者在米崙溪畔，或者在海邊。莎莎依舊活潑開朗，但正如陽光和陽光也有差別，樹看得出她明朗中有陰影，卻無法確定那陰影究竟是什麼。他感到煩惱，正猶豫是否寫信詢問，入冬後的這天下午，在花崗山球場邊，他聽到一段流言。

轉述流言的是吉田恭太，但這孩子並不清楚自己說了什麼，只是興沖沖提起，坂本先生從研海支廳的探險旅程回來了，拍了許多照片，將照片分享給莎莎時，看見她房裡掛著一件豔麗的長羽織。詢問之下，莎莎說她衣物破損了，因此梅野做了幾件新的給她。

「多麼漂亮啊。」坂本讚美那羽織，「像不像以前我拍下的赤色的高麗鶯？春子ちゃん穿上以後，說不定就能像赤鶯一般，輕鬆飛進谷地。」

蕉葉和樹在場邊喝水，聽恭太眉飛色舞轉述這一切。樹的臉色立刻變了，蕉葉知道他的心思，顧不上恭太還在說話，立刻插嘴，改說恭太聽不懂的邦查語。

「我知道你一直懷疑什麼，但不能從街上聽來幾句話就當作證據。」樹看著蕉葉，「有人會給僕役那麼貴重的衣物嗎？」

「你根本沒看到那件衣服，只是聽恭太轉述坂本轉述莎莎的話。」

樹呆了片刻，下意識轉頭四顧，一眼瞥見恭太滿臉茫然呆在一旁，這小孩大概只聽懂「恭太」和「坂本」兩個名字。

五、踏上野球征途

「總之，」蕉葉說，「週日我們就會見到莎莎，到時候再說吧。」

他拉樹回去練習，又回頭瞪了恭太一眼：「噓，不要隨便轉述別人的話。」

事實上蕉葉非常不安。他回想過去四年，梅野一直非常照顧莎莎，慷慨得異乎尋常，就算他本來別無居心，現在也可能改變主意。如果他真的向莎莎伸手，以她這麼直率的性格卻沒反抗，大概只有兩個可能。一是她有顧忌，不敢反抗，二是她自己願意，無意反抗。直覺告訴他，可能兩者兼具。莎莎一直相信梅野是好人，給她許多幫助，或許心裡很依戀他，於是沒有拒絕，但心裡還希望明年能和樹一起回馬太鞍參加祭典，確立兩人的關係，因此沒將這些事情說出來。但樹是非常會吃醋的人，他不見得能從莎莎的立場來想事情。週日直接問起這一點，若一句話沒說好，說不定他們兩人會鬧得很僵。

聽說傳聞的這天是週三。蕉葉幾乎整夜沒睡好覺，都在想這件事。隔天在花崗山球場，他悄悄叮囑恭太傳話：他有非常重要的急事想見莎莎，拜託她今晚十點過後在梅野宅外和他碰面。

「今晚不行就明晚，明晚不行就後天晚上，再不行就週六晚上。反正一定要在週日之前。」蕉葉再三叮嚀。

但恭太還沒來得及離開球場，莎莎就隨梅野出現在花崗山，坂本和他們走在一起。莎莎手挽竹籃，上面蓋一塊青布，她沒穿什麼豔紅色的長羽織，但身上那件櫻花祥纏顯然是新衣。梅野上前和李阿貴說話，從兩人動作表情看來，他大概是說，給高砂帶來一些小禮物，另外要讓

坂本給他們拍照。

莎莎開始分送菓子給大家，一人兩個抹茶色的鶯餅。蕉葉想搶在樹之前和莎莎說話，但沒有成功。魚拿走兩個鶯餅後，樹走上前來。

「你現在是他的女人了嗎？」他說邦查語，稍微壓低聲音，沒讓其他人聽見。

莎莎吃了一驚，抬頭和他對上目光。

「所以你是他的女人了？」樹又說。

「我們不是說好，明年回家參加祭典？」莎莎答非所問。

「你都已經接納別人，我們參加祭典要做什麼？」

「我沒接納誰。」莎莎倔強反駁。

「一回來我就覺得你變了。原來是因為⋯⋯你終於還是看中有錢的日本人，是嗎？是你的雇主，還是寄居在你雇主大宅裡、出身富裕人家的攝影師？」

莎莎臉色變了，「就算是，那又怎麼樣？」

樹又驚又怒，一把搶過莎莎的竹籃，往地上重重一摔，鶯餅掉了滿地。

「你⋯⋯」莎莎瞪大眼睛，退了一步，轉頭就往球場外跑。

「莎莎！莎莎！」蕉葉連忙追上去，他的叫喊驚動其他人，李阿貴和梅野都轉過頭來。梅野不知道發生什麼事，但也很快跑上前去。

「怎麼了，春子？」他搭著莎莎停下腳步，蕉葉回頭一看，樹的臉色難看到極點，就在爆

五、踏上野球征途　　137

發邊緣。

「你和哥哥吵架?」梅野關心的問。

「我不是她哥哥!」樹以日語大吼。

「樹!不要這樣!」蕉葉大驚失色,連忙奔到樹面前,雙手壓住他嘴巴,「不要說話,樹。剛才莎莎說,明年她要和你一起回馬太鞍參加祭典,她要和你結婚,這才是最重要的。你現在如果大吵大鬧,會拖累我們所有人。哥哥,我求你。不要在這裡吵鬧。」

樹非常憤怒,但聽到蕉葉以邦查語哀求,總算逐漸冷靜下來。他看著梅野拾起竹籃交給李阿貴,交代了幾句,然後帶著莎莎離去。這男人完全沒有回頭望向他們。莎莎也沒有。

球場上其他人雖然不明就裡,多少能夠感受事件的本質,此事顯然牽涉梅野,所有人都很識相,連李阿貴都沒多嘴開口。蕉葉想和樹私下談談,但不管他說什麼,樹都沒有反應,他不得不放棄對空氣說話。他知道樹想等到週日,看莎莎是否如常出現在學校門口。

週日他們走下校門長長的石階,等在下方的不是莎莎,而是瘦小的恭太,拿著一封信站在涼風裡,顯得可憐巴巴。

他們三人沿著新船通向東走去。蕉葉牽著恭太,樹邊走邊讀信,恭太輪流看著兩個大哥哥的臉。三人誰也不說話。

今年的祭典已經錯過了,明年我們一起回馬太鞍。如果你覺得一年時間太長,我們何不現

在就回去？我現在就可以和你一起離開花蓮港，回去我們的家鄉。沒有人會阻攔我的。

不論你決定如何，請讓恭太帶回信給我。

樹把信交給蕉葉，抬頭看著前方愈來愈近的大洋。

雖然這是一封表白的信，他反而覺得莎莎離他更遠了。想來她是真的和梅野發生關係了吧。就算如此，一點也不解釋，只反覆強調明年回去祭典，想和他結婚，這到底是什麼意思？真的想和他立刻離開這裡的話，為什麼不帶著行李出現在校門口？

蕉葉把信還給他，帶著恭太四下漫步，留他一個人在秋涼的沙灘看海。心頭煩悶彷彿湧上又退下的海水，似乎減少又似乎變多。

其實，她知道我不想現在回去，他心想。如果還在艀船組，離開苦力工作並不需要什麼了不起的原因，但離開高砂卻很難讓外人理解，會覺得我不行才回去的吧。

半小時後，蕉葉和恭太從沙灘遠處回來，正當天色轉陰，極細的雨絲飄來，微微濡溼他們眼睫。三人循原路走向農校。恭太問起給莎莎的回信，樹搖頭不語。

他不打算回信。這不是賭氣，而是因為他逐漸明白過來，與其說他在意莎莎有別的男人，不如說他在意那個男人是梅野，是他在各方面比不上的人。他不想開口說，莎莎，離開梅野，我們現在就回馬太鞍。他想讓莎莎走到他面前說，我已經拒絕梅野，我們回馬太鞍吧。他不知

五、踏上野球征途　　139

道怎麼才能做到這一點，但總之賭氣離開高砂絕對沒有幫助。

那天傍晚下起大雨，華麗的梅野大宅裡，莎莎等待樹的回信，期望卻落空了。她坐在點著油燈的房間裡，從敞開的紙門望出去，長廊下的庭院隨著天黑愈見深沉。壁櫃前掛著豔紅色的長羽織，一如當初她的想望。但現在她醒悟過來，與其說她想要朱鸝般明豔的紅羽織，不如說她渴望能像雀鳥那般自由來去。從這艱困海灣飛入谷地，順著翠綠山脈的險峻線條，經過折彎，越過河流，回到家鄉。

她沉浸在這甜美的想像，眼淚卻滾落臉頰。

她覺得很委屈，樹似乎不能明白也不願諒解她的處境，甚至否定她的初衷。她還是和以前一樣期待和他結婚，但為什麼幼時的夢想長大了就變得這麼困難？

同時她也很自責。樹有理由質疑她，因為事實上她沒有反抗梅野。被梅野抱住的那個瞬間，她不是沒有想過要推開他，儘管梅野一直對她很好，或許她的指尖因此微微動了一下，但最終什麼也沒做。那一刻她才醒悟，她心底深處還是畏懼這個男人。若是現在推開他，說不定他會惱羞成怒，突然翻臉。她倒不擔心從此受梅野打罵度日，卻害怕被朝日組解僱的話，她就無法繼續留在花蓮港了。

許多念頭掠過她心頭，為時極其短暫，而梅野的手已經伸入浴衣。他分明漠視她的意願，連問也沒問一聲，但他的撫觸柔和溫暖，又似乎很在意她的感受。她滿心惶惑恐懼，但完全沒有反抗，安靜的接受一切。

那次之後，梅野經常在她房間過夜，此外買了很多東西給她，包括豔麗的紅羽織。他顯然不單純把她當作僕役，毫不吝惜表現對她的喜歡和在意。但似乎也僅止於此。他應該已經明白樹和她的關係，卻一句也沒有多問，大概根本沒把樹放在眼裡。

對莎莎來說，生活與往常沒什麼不同，她還是每天照顧梅野生活起居，但未來已經化為漫長的空白。樹不再理她了，就像在祭典上伸手去拉他的檳榔袋，卻被冷酷的拒絕。她已經沒有立場繼續站在他背後，卻無法說服自己掉頭離開。

六、遠在他鄉的際遇

東京精養軒晚餐

大正十四年盛夏七月初，在教練李阿貴領軍下，十五名高砂隊員在基隆登上大阪商船蓬萊丸，經神戶轉往東京。在前往東京的火車上，他們首度聽說兩年前那場毀滅性地震的細節。在臺灣的時候，他們只知道地震侵襲整個關東平原，所幸天皇皇后兩陛下躲過一劫，現在才知道當時東京與橫濱都陷入火海，許多政府建築倒塌，皇居也遭了火災。他們聽說東京多數建築都毀了，當初為昭示明治天皇威嚴而打造的東京車站卻沒什麼損傷。後來他們抵達東京，以自己的眼睛見識這建築之宏偉穩固，更甚他們在臺北見到的臺灣總督府。

不過他們來不及觀光，到東京當晚就得出席活動。早在他們登船離開花蓮港、前往基隆之前，江口和梅野已經打點妥當，安排媒體在上野精養軒與高砂隊員會面。精養軒是東京最高級的西洋餐廳，為此高砂十五名成員都受了相關訓練，當天傍晚他們個個西裝革履，與東京記者同座餐敘。

《東京日日新聞》記者三浦對這遠道而來的球隊感到狐疑。天資高且有爆發力，全部由生蕃組成的野球隊？但野球是這麼複雜的活動，生蕃能夠妥善理解嗎？他拿到的資料顯示，這

個球隊去年敗給取得全國中等學校優勝野球大會資格的臺北商業，也就是說，即便在學生業餘球隊中，他們也不是頂尖的吧？再說，他看看手中名單，ロツオ、ブテイン、ルトク、キラン……都是些什麼奇怪名字呢？

他抱著懷疑前往精養軒，真正見到高砂隊員不免驚訝。原來生蕃的長相和關東人沒有太大差距，倒是身材比多數日本高校生壯碩，還有幾人特別高大，但這不表示比賽時就能佔到優勢。

一名教練、十五名野球選手和六名記者，二十二人坐在長桌用餐。生蕃的餐桌禮儀顯然沒問題，但舉止神態比較拘謹，只有活潑的教練在說話，熱心介紹花蓮港和多年拓墾有成的村落——北邊有壯麗的太魯閣峽谷，南邊有曲折蜿蜒的谷地，背倚西邊的高大山脈，面向日出的太平洋。他還說，臺灣島上有帝國的新高山和次高山，不像富士山那般形象鮮明，但更加高聳險峻。

說得動聽，問題是隔著幾千公里，我們也見不到，三浦暗想，沒想到李阿貴拿出一個大信封，分送花蓮港的風景照片。

「這是大阪出身的攝影師坂本彌三先生的作品。」李阿貴說。

樹就坐在李阿貴旁邊。他瞟一眼那些照片，很快轉開目光。去年秋天花崗山球場衝突過後，他就不再參加週日下午的散步，原本的三人行只剩下蕉葉和莎莎，有時恭太會補上那個空缺。莎莎沒有向蕉葉提起梅野家的事，只說還是期待高砂

從日本回來，之後就要和樹一起回馬太鞍。蕉葉轉述這樣的話，但樹沒有回答。他不知道該怎麼辦，只知道他不能現在離開高砂，若不闖出一點成績來，不用別人看不起他，他就先看不起自己。

也許我們永遠不會一起回馬太鞍，永遠不會結婚。他開始這麼想。這念頭讓他非常難受，有時睡到半夜會突然驚醒，難受得哭起來。好想掙脫這無形羅網，卻不知從何做起。

他的心非常困頓。如果說，過去他與眾人同在一個世界，現在這感受已然轉變，他覺得自己站在世界邊緣，甚至之外，必要時才跨步近前。那種距離感起初令他感到無助，但也逐漸習慣了。然後他發覺自己領悟到蕉葉先生一步體會的東西──他的視野變了，不再顧及周遭，只專注在眼前。站在打擊區，他忽略投手身形，專注在對方的手套，彷彿能看見藏在手套裡即將被投出的球。當然他的眼睛無法看透厚實的手套，但他有一種安心感，比過去更相信自己能夠掌握球路。他的打擊逐漸穩定下來。

「所以，」對面的三浦突然對他說話，「你是キラン？第三棒？」

這口吻頗不客氣，但在他意料之內，因此並不生氣，也不回答，只是點頭。

「你認為你們能贏後天的比賽嗎？」三浦又問。

「那要看和什麼學校比賽。」樹回答，「我們還不知道對手是誰。」

「聽說是武藏中？」三浦轉頭看向另一個記者，之前自我介紹為東京電臺的藤井。

「好像是。」藤井點頭，「武藏中算是差勁的隊伍。」

六、遠在他鄉的際遇　　　　　　　　　145

「哪方面差呢？」李阿貴問。

「哪方面都差。」三浦咧嘴一笑，「大概是輕敵的意思吧。」

「我想是對我們手下留情，畢竟我們從那麼遠的地方來。」李阿貴微笑回答。

樹冷眼看著六名記者。他們心裡一定認為這場高級晚餐是不折不扣的白吃白喝吧。顯然他們都不相信生蕃組成的野球隊有何能耐，等著看高砂敗給東京的差勁隊伍。

兩天後，高砂出戰武藏中學校。第一局上，高砂的第一、二棒輕鬆上壘，第三棒樹將對方投來的第一球打成三分全壘打。球場上本來沒有多少觀眾，現在喧譁起來，等到高砂攻下五分，第一局上半結束，球場上也多了許多人。比賽進行到四局上半，高砂以十比○領先，球場幾乎坐滿了人。樹在滿壘無人出局的情況下再度站上打擊區。他目不轉睛看著投手手套，感覺全場屏息目光落在他身上。他掌握到野球離手電光石火的瞬間，毫不猶豫出棒，擊球聲響大得驚人。他站在原地看著球飛過全壘打牆，然後才扔下球棒跑壘。

一支滿貫全壘打清空壘包，不過下一名打者已經無須上場。兩隊教練被主審召到場邊商議，只交談幾句話就決定提前結束比賽。十四比○，縱然有追回餘地，也沒必要讓武藏中繼續難堪下去。

「那，真是的。」樹對蕉葉說，「你沒辦法完投完封了。」

蕉葉搖頭一笑，「我們已經表明自我，這樣就夠了。」

眾人整頓妥當要離開時，三浦出現了，眼中斂去前天那種明顯的輕慢，但還抱著一些懷

疑。

「我打聽到了，李先生。」他對李阿貴說，「下一場應該是早稻田中學。」

「哦？」樹站在旁邊露出微笑，「據說早稻田中學頗有實力。」

「早稻田比武藏中強得多了。」藤井突然從三浦背後冒出來，抬手捏一下帽沿示意，「他們的投手沒這麼好打發。」

「那太好了。」蕉葉插口，「很希望向他們有所學習。」

記者離開後李阿貴嘆咏一笑。

「怎麼了，阿貴先生？」蕉葉好奇的問。

「露君無論何時都很沉穩，成為優秀投手不是沒有原因的。」李阿貴回答。

「露君的表現這麼好，希望我不會搞砸啊。」

「正常發揮就可以了。就像露君剛才說的，遇到強敵正好學習。」

「哥哥，」樹轉頭看著山，「你腳程最快，後天麻煩你儘量盜壘。」

山咧嘴一笑，「難道你不拜託，我就不盜壘了嗎？這可是艱苦球賽中最大的樂趣呀。」

兩天後他們對上的早稻田確實比武藏中高明許多，雙方從第一局就開始拉鋸，上半場高砂得一分，早稻田下半場必然追回，你來我往到了第六局下，突然下起傾盆大雨。厚重烏雲籠罩球場，看來一時半刻不會停，主審裁判於是決定結束比賽，雙方以六比六打成平手。

他們冒雨離開球場時，三浦又出現了。這次他一臉佩服。

六、遠在他鄉的際遇　　　　　　　　　147

「不簡單，能和早稻田打到平手。這兩場比賽藤井君都有報導。我的話，希望等高砂打完東京的最後一場比賽再動筆，能夠更完整一些。聽說下一場是神奈川一中，他們的投手不輸早稻田，而且打擊更強。」

什麼跟什麼呀。樹站在一旁，不禁心裡嘀咕。不就是寫不寫報導嗎，何必這麼拖泥帶水。

三天後，李阿貴帶著高砂成員登上前往大阪的火車。前一天三浦在橫濱看完九局比賽，果然如先前承諾的寫了報導，刊載於《東京日日新聞》。日後高砂隊員有機會讀到這則報導，多少驚訝於文章之友善，彷彿先前在精養軒不曾拿鼻孔看他們。

這個全由高砂族組成的球隊有很好的爆發性，而且，整體而言，氣氛相當沉著，即使對上實力強悍的早稻田中學，並不給人汗流浹背艱苦奮鬥的觀感。高砂在東京的戰績是兩勝一和，接下來還有六場比賽，大阪的天王寺中學、和歌山縣的和歌山中學、京都的平安中學是目前已經確定的賽事。

三浦也沒有白吃精養軒的高級晚餐。他在報導中介紹花蓮港，並提到高砂成員早先都是花蓮港的艀船工人，「還好並未因此埋沒他們的野球天分」。

高砂隊員抵達大阪，落腳在坂本為他們安排的一家日式旅店，就在天王寺公園附近，主人是坂本家友人，相當親切的招待他們，並預告五點半將有豐盛的晚餐。

不過在那之前蕉葉必須出門一趟。此行他受恭太請託，要將一個紙袋交給恭太的表姊桐生美佐子。恭太說，裡面有信和風景照片。

蕉葉換好衣服，從行李箱拿出恭太的紙袋，一樣東西掉出來，落在榻榻米上。是一個小巧御守，米白色錦緞上有「花蓮港」字樣，頂端打著紅色緞帶結。

他不記得曾把這御守收入皮箱，看來是偶然夾帶來的。他想起那個冬夜，真子和他沿著月下的米崙溪散步，送他這個御守，預祝他未來西征之旅順利。不過是兩年前的事，回想起來卻十分遙遠。從那時候到現在，好多人與事已經變得完全不一樣了。

他坐在皮箱前發呆，好一陣子才醒神，連忙拾起御守，拿著紙袋匆匆出門，照恭太所說的，來到天王寺公園的梅林。盛夏的大阪極熱，但梅林綠蔭清涼如水，和樹林外彷彿兩個世界，不少人在此悠哉閒逛。但這麼一來就麻煩了，因為恭太只說會面地點在梅林東邊，沒有其他指明，人愈多，兩個素未謀面的人愈難相認。

他左顧右盼，目光在路人臉上短暫停留，最後落在石燈籠旁一名少女身上。她穿著顏色清淡的和服，頭上簪著茉莉花，顯得清新可人，剛好正往他這邊看著。他立刻走上前去。

「桐生美佐子小姐？」他問。

「是⋯⋯」對方十分驚訝，「怎麼知道的呢？」

「恭太君說，他的表姊是個明眸皓齒的大美人。」他微笑遞上紙袋，「這些是恭太君託我轉交，關於花蓮港的東西。」

六、遠在他鄉的際遇　　　　　　　　　　149

他回答美佐子一些關於恭太的問題，並感謝她後天要去西宮甲子園球場為高砂加油，之後就告辭返回旅店，以免錯過殷勤店主人的晚餐。一踏進旅店，剛好樹也從外面散步回來，立刻問起他與美佐子的會面。

「果真是個明眸皓齒的大美人嗎？」

「可以這麼說吧。」蕉葉一笑。

那時他並沒有把美佐子放在心上，雖然她確實很漂亮。他也不知道自己給美佐子留下極深的第一印象。那天晚上，美佐子在日記裡寫道：

那個人一出現，就給人與眾不同的感覺，卻又很難立刻說出究竟特別在哪裡。將他從頭到腳細細打量，才發覺他的腰帶不是繫在腰上，而是繫在髖骨上，顯得瀟灑不羈。我心想，會不會就是那個人呢？但既然是野球選手，應該會穿球衣吧，想來不是這個人了。正這麼想的時候，對方竟然朝我走過來了，正確喊出我的名字。

筆。

她沒有將之後的對話寫入日記，因為光是回想被稱讚的情景就覺得不好意思，遑論訴諸紙

西本願寺的使者

高砂挾兩勝一和的成績來到關西，第一場比賽在西宮甲子園球場出戰天王寺中學。這是去年夏天落成的新球場，他們早就耳聞大名，但實際站上這場地還是不免驚豔。球場是新穎的混凝土建築，地面土壤呈一種特殊的紅黑色，從本壘板後方望去，外野極其寬闊，中外野縱深約有一百三十公尺，更後方是開放的草地觀眾席。

「這麼大的場地，能坐五萬人吧？」

「中外野這麼遠哪，我可有得跑了。」樹說。

「去年臺北商業在這裡比賽，沒第一場就被淘汰，算是很堅強了。」蕉葉暗忖。

今天他們的對手是天王寺中學，並不是大阪府特別強勁的隊伍，李阿貴卻讓蕉葉上場，還決定兩週後讓魚去面對實力強勁的和歌山中學，蕉葉和魚都感到不解。

「這是心態也是名譽的問題。」李阿貴解釋，「甲子園是全國中等學校爭取優勝的場地，在這個球場上，取勝比一切都重要。」

「可是，」魚顯得憂慮，「和歌山中學是前年的準優勝吧？」

「是啊。」李阿貴笑著拍他肩膀，「所以就算沒能封鎖他們，也在意料之中。總之你就放心去投吧。」

現在蕉葉站在一壘後方的球員休息區外遠眺，連續的內外野黑土止於一道鮮明的白色全壘

六、遠在他鄉的際遇　　　　　　　　　　　　　　　　　　　　151

打標示線，草地觀眾席上方是無雲的晴朗天空。這是一種既平凡又特殊的風景，在當下只佔據注意力的瞬間，卻會長久留在心頭。

啊，阿貴先生，蕉葉仰望藍天，今天我若沒能封鎖天王寺的打擊，可不就糟了嗎？如今壓力落在我肩上了呀。

正在胡思亂想的時候，李阿貴在後面叫他，說有人找他。

來人是前日見過的桐生美佐子，衣著裝扮也都和前日一樣。她客氣的為突然造訪道歉，希望不會打擾球隊賽前練習，然後拿出一個精巧的御守，紫色錦緞上有銀色「勝」字。

「這是箕面勝尾寺的御守，對比賽最靈驗。恭太君信中一再叮嚀我，一定要趕在比賽前把御守送到。」

「為此特別跑去箕面嗎？」蕉葉有些意外。

「是啊，恭太君要求的。」美佐子說著，撥了一下前額瀏海。

蕉葉這才注意她臉頰泛紅，瀏海下藏著汗珠。剛才大概費了很大力氣才說服球場的人放她進來球員休息區吧。他本想推卻，因為口袋裡已經有真子給他的御守，但這是恭太的好意，美佐子又為此奔波，他只好道謝接下，將御守收進口袋。

美佐子剛走，又來了《大阪每日新聞》的記者山崎，三十歲左右，看來很和善的人，自我介紹是坂本彌三的朋友，應他請託前來觀看比賽，希望能做有利的報導。蕉葉並不奇怪坂本有這樣的安排，想來他竭盡所能要報答梅野的照顧。

「坂本君告訴我，高砂是爆發力很強的球隊，我還不太相信，或者說，我不大明白野球隊爆發力強是什麼意思。不過我看到東京方面的相關報導了，正是這麼形容高砂。今天期待著見識這爆發力。」

山崎很健談，也很識相，說了幾分鐘話就告辭離去，還向李阿貴保證一定會有報導。

「萬一輸了怎麼辦，一定會有報導？」

「露君講這種話，聽起來就是會贏了。」李阿貴咧嘴一笑。

確實，這一仗打得並不辛苦，最後以七比二擊敗天王寺中學。

「因為特殊的爆發力。」山崎突然出現，「這在日本人的球隊裡很罕見……或者說，至少我沒見過。」

「我不覺得我們有什麼特殊表現。」樹說，今天他一個人就貢獻了三分打點。

「這裡強勁隊伍很多，怎麼沒見過爆發力？」樹問。

「日本人的打法比較沉穩，少有突然之舉。」

「我們打得很突然嗎？」

山崎沒有回答這問題。他轉向李阿貴。

「坂本君交代我，賽後務必請高砂晚餐。就今天晚上，沒有問題吧？」

「那怎麼好意思呢，我們有這麼多人啊。」

六、遠在他鄉的際遇　　　　　153

「錢的事不用費心，都已經預備好了。」

又是梅野那傢伙吧，樹心想。這念頭一下污染了贏球的清爽感。

山崎倒也沒有大費周章請他們去料亭，而是請託他們旅店主人準備一切，反正隔天高砂沒有比賽，眾人可以輕鬆享受豐盛的晚餐和好酒。

「因為是坂本君的請託，我想誠實說出看法。」晚餐時山崎鄭重的說，「高砂，怎麼說呢，確實具有一種特殊的爆發力，很吸引人，尤其大家容易將爆發力與高砂族的野性聯想在一起，但我以為這不盡然是讚美之詞。」

「山崎先生是這方面極有經驗的觀察家，願意告訴我們心得就太好了。」李阿貴說。

「嗯，回答之前キラン君的問題，」山崎轉向坐在長桌尾端的樹，「所謂爆發力，應該都是突然發生的力道，才給人這樣的感覺，是嗎？也就是說，那是一種斷斷續續的特質。用比較批評的話來說，就是不穩定。」

樹和蕉葉互看一眼。整個球隊就以他們兩人最穩定，但這東西非常奧妙，他們無法透過任何方式傳遞給其他成員。

「キラン君和ロッオ君是最穩定的兩位選手。」山崎繼續說，「若所有人都像他們這麼穩定，高砂就是極佳隊伍了。」

「像和歌山中學這樣強勁的隊伍，所有人都很穩定嗎？」魚問。之後他得面對和歌山，心頭一直有壓力。

「相當穩定，只是他們每個人具備的能量不見得有高砂這麼強。野球畢竟是團隊運動，每個人加總累積的力量，最後會超過少數出色的個人……啊，大家不要停下來聽我說話吧，這麼豐盛的晚餐呢。」

話雖如此，開動之後的輕鬆氣氛並沒有維持多久，山崎又把話題繞回來。

「聽說李先生安排ブティン君對和歌山？這決定我可以理解，但和歌山與平安中這兩場比賽，至少有一場讓ロツオ君上場吧。他們是會向外延攬人才的隊伍。」

「向外延攬人才？」眾人面面相覷。

「就是，挖角別隊的選手來增加自己的實力。」

「挖角……」李阿貴看了蕉葉一眼，「是說，要高砂選手離開花蓮港農業補校，到日本來讀書打球嗎？」

「是啊。我認為ロツオ君有可能被看中，但李先生至少得給他被看見的機會。當然讓ブティン君對強隊也是好的，會是寶貴的經驗。」

在日本讀書打球？樹眼睛一亮。離開花蓮港的話，就不再和朝日組有瓜葛了吧。如果能在日本打球闖出好成績，我就能以自己的身分回去面對莎莎，不再從屬於梅野的事業了。

紙門外的庭院裡突然起了騷動，有人大聲嚷嚷。樹就坐在門邊，立刻開門探看，原來有個住客喝醉酒，從簷廊裡摔了下去，卻以為是被人推下，正坐在地上大聲喝斥石燈籠，店家女兒匆忙過來勸解。

「大岡先生別生氣，這不是石燈籠的錯⋯⋯」

「可惡的傢伙！今天一定要和你理論！」叫大岡的男人大約五十多歲，滿臉通紅，也不知道是因為醉了，還是本來就脾氣差勁。

「理論什麼呀！」有人從別的房間出來，指著對石燈籠揮舞拳頭的醉鬼大喝，「沒看到他已經被你打得動彈不得嗎？還不快跑！難道要等警察來抓你！」

樹回頭看一眼門邊的蕉葉和屋內眾人，大家面對這荒唐場景都不知道怎麼才好。那個人又喝斥了幾聲，叫做大岡的人果然顧忌起來，爬起來匆忙跑走了，連草屐掉了都不知道，可憐的店家女兒又「大岡先生、大岡先生」這樣喊著，拿草屐追了上去。

經過一場鬧劇，之後的晚餐也不再談什麼嚴肅話題了，山崎講起關西地區各球隊的特色和軼聞，又喝了一壺酒，然後起身告辭。

「關於高砂的稿子還沒寫呢。我若喝醉就沒辦法了，得趁現在還沒醉趕快寫稿⋯⋯呀，希望回去路上不至於把石燈籠當成敵人。」

「山崎先生真幽默。」大家都笑起來。

李阿貴客氣的送山崎到旅店門口，其他人還留在房間繼續用餐，不過樹沒什麼心情吃喝。他拉開紙門，望著張掛燈籠的院子，朦朧之中立著那倒楣的石燈籠。蕉葉過來坐在他旁邊，目光也落在石燈籠上。他想起在石燈籠旁相認的桐生美佐子，不知道她今天看了比賽感想如何。

他知道樹在想什麼，因為他自己也在想這件事。遠離花蓮港，長久生活在日本，雖然有點

難以想像，但或許這才是他們脫離困境的方法。問題是，李阿貴和朝日組應該都不樂見有選手離開，也許李阿貴不會讓他上場面對和歌山或平安中。

不過他錯了。李阿貴將山崎的建議放在心中考慮了好幾天，直到高砂對和歌山以三比六落敗。這六分都是魚的責失，他因此極為沮喪，李阿貴不希望實力更強的平安中徹底打垮魚的自信，決定改由蕉葉上場。

那時他們在關西地區的成績是四勝一敗，平安中是他們在日本的最後一場比賽。即使輸給平安中，他們在日本的九場比賽依舊有六勝二敗一和的佳績。

「盡力就好，不要緊張。」李阿貴說，「很多日本人為我們加油，報紙和電臺都有報導，我們已經漂亮達成目標，可以感到驕傲了。」

對決平安中前一天，晚餐後蕉葉和樹沿著鴨川漫步，心照不宣的沉默維持了一段路。

「哥哥，」蕉葉先開口，「你和我想一樣的事吧？」

「嗯。」樹答應一聲，沒有馬上接話。

鴨川東岸的屋宇都亮著燈，不時傳來三味線伴奏的歌聲，夏夜本已逐漸涼爽，又因此增加新的溫度。

都唱些什麼呢？蕉葉仰頭望向光亮與人聲。這些人的生活和我們多麼不同啊。

「我想的和你一樣。」樹突然說，「但我們只能力求表現，表現是不是好到讓人來挖角就難說了。」

「我們只要心理強健一點，上場不要失常就好。」

「我最近打擊沒什麼問題。你呢？阿貴先生說，平安中的強打比和歌山還多。」

「我⋯⋯」

「不好意思打擾了，有東西掉了呢。」一個女子聲音從他們背後傳來。

蕉葉回頭一看，一個四、五十歲的中年女子從地上撿起一樣東西，遞到他面前。

「這是箕面勝尾寺的御守吧？一眼就認出來了呢。」

那確實是美佐子給他的勝尾寺御守，但令他吃驚的是，美佐子可不就站在這女子背後嗎？她穿著素淨的和服，夜風中顯得很清新，臉色卻很緊張，正對他頻頻眨眼，似乎要他假裝不認識。他不太確定怎麼辦才好，含糊道謝接下御守。他和樹轉身離去，隱約聽見那女子在後面說話。

「這年輕人很漂亮有型，美佐子你覺得呢？」

「啊，我沒注意。」

「他和服穿得很漂亮，說不定家裡經營吳服屋。」

樹忍不住噗哧笑出聲來，「你竟被日本人當作吳服屋的少爺。」

「別胡說八道了。」蕉葉埋怨。

「她就是恭太的表姊，在大阪送御守給你的？不知為何跑來京都？我猜，是來看你明天的比賽。」

「是的話剛才就不會假裝不認識我。」

話是這麼說,但他也覺得美佐子明天應該會去看比賽。若剛才那中年女子是她母親,或許因為恭太信中講得天花亂墜,高砂又在日本引起注意,母女才一起來京都。

隔天的觀眾多得出乎意料,或許因為這兩週以來關於高砂的報導很多,且多半是稱讚之詞。從大阪就一直跟著高砂的山崎也出現在球場。蕉葉隱約聽見他告訴李阿貴,說平安中的球探已經注意到蕉葉和樹。

「李先生是他們的教練,應該會為他們的未來著想,而不是把球隊經營放在第一吧?」

蕉葉好像聽見山崎說了這樣的話。他站在休息區邊緣,遠眺外野後方擠滿觀眾的草地。突然想起花蓮港。開闊的海洋與高聳的山脈是令人心安的熟悉風景。面對重要比賽的此刻,他需要那種安心感。但如果真的留在日本,就得告別那種安心感了。

比賽開始後就沒再想那些了。他靜靜坐在休息區看著一切。平安中的投手樣貌尋常,但控球能力驚人,前兩棒都被他輕鬆三振,樹雖然擊出一壘安打,但後繼無人,第一局上的攻勢就這樣草草收場。

走向投手丘時他心想,沒有人認為我們贏得了平安中,但作為野球選手的榮譽不可妥協。我不能因此就在敗的格局內但求少輸。我必須求勝。

站上投手丘,抬頭一望,天空有如大海,藍得令人屏息,浮雲是波尖浪花,白得亮眼。我要永遠告別苦力和被人利用的日子。

六、遠在他鄉的際遇　　　　　　　　　　　　　　159

他調整帽沿，面對本壘板後蹲捕的山。平安中的第一名打者站上打擊區，第一球就揮棒打成界外。他絲毫不受影響，以連續的快速直球三振對方。

他以同樣方式對付另兩名打者，沒讓第四棒有上場機會。他在觀眾叫好聲中走下投手丘，沒有抬頭看任何人。

接下來幾局都是這樣的投手對決，雙方無人上壘，一路掛零，直到第八局下，兩人出局後，他的控球突然出了問題，被連續擊出三支安打，丟了兩分。山向主審喊暫停，摘下面罩，走上投手丘。

「你怎麼了？手受傷嗎？」

「沒有。」蕉葉伸出右手，讓山檢查手指，「沒什麼原因，只是投不好。」

「緊張嗎？」

「還好。」

「那就好。」山拍他肩膀，「投不好也沒關係，結束這局就是了。」

「嗯。」

他背後還有一個跑者在二壘，但他決定連看也不要看那傢伙一眼。先前奔回本壘那人腳程很快，這個人的速度卻很普通，不至於在二出局又有兩分領先的情況下盜壘。

他用變化球解決眼前打者，面不改色走下投手丘。不少人為他鼓掌，他還是沒有抬頭。他不期望隊友能追回這兩分，畢竟已經被封鎖了八局。今天大概就這樣，零比二敗給平安中了。

160　　蕉葉與樹的約定

不過在敗局確定之前，樹還是突破對方投手封鎖，以陽春全壘打追回一分，他從容跑壘時，蕉葉有鬆一口氣的感覺。這支全壘打很重要，證明樹的突破和長打能力，也打破對方完投完封的願望。不知道今天的表現是否打動平安中的球探。全國中等學校優勝野球大會的地區資格賽就要開打，像平安中這樣的學校，一定將所有注意力放在球場上，恐怕無暇理會挖角不挖角的事。明天他們要離開京都前往神戶，後天就要上船回臺灣，看來只能在花蓮港默默等待消息了。

當天晚餐過後，大家開始整頓行李，他們落腳的旅店來了一名意外訪客，身著深色西裝，非常體面的青年人，自我介紹是京都西本願寺館長事務監督的助手右京，「為了兩名優秀的高砂選手前來」。

「今天和高砂比賽的平安中是淨土真宗本願寺系統的學校，因此今天我代表平安中，來向李教練表達爭取人才的意思。聽說高砂是花蓮農校的球隊？想來教練不會反對選手有更好的出路？」

訪客與李阿貴在旅店的會客間隔桌而坐，十五名高砂選手安靜坐在李阿貴背後。樹和蕉葉知道訪客為他們而來，不想顯得孟浪，都面無表情，低頭看著前方的榻榻米。

李阿貴沉默片刻，「兩位選手，想必是指我們的主力投手ロッオ和第三棒キラン？」

「是的。」

「高砂確實是花蓮農校學生組成，但選手是在企業贊助下讀書打球，我只是受雇的球隊教

練，恐怕沒有權力說同意或不同意。」

「那麼，有決定權的人在哪裡呢？」

「在花蓮港。」

「我們以電報或電話來詢問，可以嗎？」

電報或電話⋯⋯樹抬起頭，剛好和對方四目相對。

「這位就是キラン君？」右京露出友善的微笑，「或許聯絡花蓮港方面之前，我們先聽聽キラン君和ロッオ君本人的意思？」

樹和蕉葉對看一眼，都對眼前景況感到躊躇。倒不是他們不想接受平安中的邀請，也不是顧慮朝日組的損失，而是顧慮李阿貴的處境。在他們當苦力的時候，李阿貴就和善對待他們，球隊成軍之後，也處處為球員著想，他們不想讓李阿貴太過為難。

「喂，樹、蕉葉，」山突然以邦查語說話了，「你們現在就答應下來吧，留在日本，不要回去了。我們都可以為阿貴先生作證，是你們兩人的意願，不是他的問題。」

樹和蕉葉望向山。李阿貴也聽懂了，一臉錯愕。

「怎麼，我說錯了嗎？」山說，「其實阿貴先生也樂見他們留在日本打球吧？只是回去不好交代。我們都是馬太鞍人，而且我最年長，我說了算。喂，你們全部，回去見到梅野先生，就說樹和蕉葉聽到西本願寺的邀請，堅持要留在京都，阿貴先生勸他們回花蓮港再說，他們不肯。聽到沒？」

162

蕉葉與樹的約定

「聽到了,哥哥⋯⋯」其餘的人雖然面露遲疑,都立刻出聲答應。

「你們哪一個要是敢對朝日組的人多嘴,日後最好不要回馬太鞍,不然回去了我一定教訓你們。」

蕉葉看著一臉正色的山。今天比賽前的心情再度浮上心頭。若是留在日本,就得在心裡告別花蓮港,告別大洋和山脈,還有谷地裡的馬太鞍。

「謝謝大家的好意。」李阿貴以邦查語說,「但就算我不說話,眼睜睜看著樹和蕉葉留在京都,平安中那邊一定不會這麼草率,偷偷摸摸的做事。我想,離開日本之前,和梅野先生聯絡還是必要的。」

他轉頭面對來人,「右京先生方便的話,我們去拍電報吧。」

李阿貴和右京一起離開旅店,十五名高砂隊員回到他們的大房間,繼續整頓行李,只是都不知道要說什麼。梅野同意樹和蕉葉就此留下的話,今天說不定就是他們最後一次和大家在一起,但若梅野不同意平安中挖角,他們就要乖乖回臺灣嗎?

山相信梅野一定會同意,根本就跳過這一層顧慮,卻擔心另一件事⋯

「沒有加入年齡階層,留在日本要是出了什麼事,你們怎麼回家?」

樹和蕉葉對看一眼,「真的留下來的話,我們會互相照顧。」

「你們一定要做到。不管誰出了什麼事,另一個人一定要帶對方回家。」

三小時後,李阿貴帶著好消息回到旅店,說梅野欣然同意兩人進入平安中就讀。

六、遠在他鄉的際遇　　　　　　163

「既然人已在京都，嵐君和露君不必大費周章回臺灣，就留在京都，好好熟悉平安中的環境吧，一切麻煩西本願寺費心了，梅野先生這麼說的。」

樹和蕉葉互看一眼。

「嗯，非常感謝梅野先生。」蕉葉說。

「不過，剛才和右京先生談到，你們要入學，必須要有日本名字，至少要有個姓氏，比方說，嵐君可以考慮叫做青山嵐⋯⋯」

「青山嵐很好。」樹立刻接口，「謝謝阿貴先生。」

「欸？就這樣決定了嗎？」李阿貴很驚奇。

「我也可以姓青山嗎？」蕉葉問，「我想叫做青山半月。」

「半月？」

「因為我是半月之夜出生的。」蕉葉解釋。

「這名字太奇怪了吧。」李阿貴有些躊躇。

「叫做半次好了。」樹建議，「到了新地方，還是不要太標新立異。」

樹微微一笑。他不大在意被叫什麼日本名，但一直以來很喜歡李阿貴以「風暴」稱呼他。

就這樣，他們從樹和蕉葉，從キラン和ロッオ，變成青山家的嵐和半次。

平安中的高砂生

在平安中,大家都以為樹和蕉葉是親兄弟,雖然他們容貌並不相似。他們比一般中學生年長幾歲,又是來自遙遠臺灣的高砂族,起初不免被一般學生投以猜忌目光,唯有野球讓他們感到自在。他們和曾經對決的投手中村健二成了好朋友,很佩服健二投以猜忌目光,唯有野球讓他們感此從容。當時健二在投手教練指導下練習一種奇怪的球路,蕉葉也好奇的加入。

野球隊成員都很歡迎他們,熱心協助他們進入狀況。對樹來說,嚴格的練習是新生活最容易適應的部分。他把目標放在明年的中等學校優勝野球大會,不怎麼熱心投入課業。蕉葉卻和他相反,認真練球,但花更多時間讀書。他們兩人共住一間宿舍,蕉葉總是在讀書,學校課業以外,也讀各種書籍雜誌。

「為什麼要讀那麼多書?難道以後想唸大學嗎?」樹問。

「那是當然了。不然從這裡畢業以後,要做什麼呢?」蕉葉放下手中的《改造》雜誌,最近他熱心讀著數年前在這雜誌連載的長篇小說《暗夜行路》。

樹有點驚訝的看著蕉葉。在此之前他沒想過這個問題。蕉葉想上大學的念頭,或許和桐生美佐子有關,樹這樣猜想。

自從那個夜晚在鴨川巧遇美佐子,他們就沒再見過面。一段時間後,一封信被交到蕉葉手上,寄件人是大阪的桐生美佐子。她在信中寫道,從恭太來信得知他們兩人留在京都,進入平

六、遠在他鄉的際遇　　　　　　　　　　　　　　165

安中就讀，因此特別寫信來慰問，祝他們在京都一切順利，明年以平安中野球選手的身分，參與中等學校優勝野球大會並獲得好成績。

面對這樣的禮貌和關懷，蕉葉當然客氣回信，美佐子又禮貌的寫信來，兩人就這樣順理成章開始通信。樹認為蕉葉可能想透過美佐子打聽莎莎的消息，刻意不去詢問他們的通信內容。對於莎莎，他既牽掛又想擺脫。他記得當初力求在野球上有所表現，因為他想向包括莎莎在內的所有人證明，他不只是港口苦力或他人棋子。現在他似乎比較接近這一點了，卻也懷疑如今走得這麼遠了，莎莎是否還對他抱著期望。

就算我永遠不回去，她大概也無所謂吧，他心想，難道不是嗎？她在梅野身邊過著很好的日子，說不定她一點也不希望我回去。

他心裡有兩股力量不斷拉扯，無形中消耗他的心力。那年入冬時分，他下定決心，要將心思放在眼前。蕉葉說得沒錯，平安中畢業後必須繼續讀書，否則前途遠遠不如農校畢業生。幾年後，等他上了大學，或許就會有信心回花蓮港去見莎莎。對於未來，屆時他應該可以說得出什麼了。

十二月，京都下第一場雪的那天，蕉葉收到美佐子的信。他讀完後將信壓在枕下，轉身去做別的事。樹太了解蕉葉，光是那若無其事的樣子，就代表信中一定寫著重要的事。

一連好幾日，他想問又不敢問，想開口又開不了口，最後趁著蕉葉不在，偷偷讀了那封信。

恭太君說這是祕密，要我別讓你知道，因為你可能會告訴嵐君。雖然不太明白究竟怎麼回事，但我感覺事態嚴重，應該要告訴你，至於是否告訴嵐君，相信你能做明智的決定。恭太君說的祕密是：春子小姐懷孕了，據說在他寫信的時候已將近五個月。

他把信放回蕉葉枕頭下，穿上大衣，連帽子也沒拿，就這樣走出宿舍，走進雪地。他仰頭看著飄忽落下的雪片。今年冬天是他生平第一次看見雪啊。

雪落在臉頰上，很快就融化了。

他抬起凍得冰涼的手。如果臉頰上這溫溫涼涼的是眼淚就好了。他甚至不知道自己是難受得哭不出來，還是不願意為此而哭。他想起以前工作的苦力海灘，那無限寬闊的風景。如果現在置身那片海灘，他會大喊吧。一定會大喊，雖然不知道為了什麼。總之想把體內的傷化為聲音，喊到海面，被浪捲去，讓風吹得無影無蹤。

懷孕已經五個月了嗎？那差不多就是他們離開花蓮港的時候吧。難怪梅野二話不說就同意他和蕉葉留在京都。才不是出於關心誰的前途！那個男人除了事業，就只想著霸占一個比他年少二十多歲的女孩。

他目光失去焦點，只知道有雪花飄過眼前。

「還好嗎？」突然一個聲音鑽入耳中。

六、遺在他鄉的際遇　　　　　　　　　　　167

他回過神來，這才發覺自己不知何時來到西本願寺唐門外。古老的黑色唐門沉靜憂鬱，現在漸漸覆上新雪，但還不足以遮掩門上金漆和斑斕瑞獸。一個少女站在幾步之外，關切的看著他。

「還好嗎？」少女又問了一次，「臉色很糟糕，是不是生病了？需要幫忙嗎？家在哪裡呢？」

「啊，謝謝，我沒事。」他趕快說，「我是平安中的學生……差不多該回去宿舍了。」

「平安中的學生？」少女眼睛一亮，「是不是臺灣來的野球選手？」

「呃？知道嗎？」樹有點驚訝。

「青山家的兄弟是嗎？」

「嗯，我是青山嵐。」

「我聽健二說過，很厲害的強打者。」

「健二？」

「中村健二⋯⋯啊，他來了！」少女指著朝這裡跑來的人。

「欸？嵐君怎麼在這裡？」健二一臉驚奇，「嵐君認識陽子ちゃん？」

「剛巧都站在這裡罷了。」陽子說，「我看青山君似乎不大舒服，所以開口問他。」

健二笑起來，「是不是不習慣京都的冬天？」

樹也勉強一笑，「我出來散步，現在該回去了，半次等我一起晚餐呢。」

「我們陪青山君走回學校吧。」陽子依舊很關心，「畢竟從那麼溫暖的地方來，要是因為寒凍生病，野球隊也會受影響。」

「不過一兩百公尺的距離，不會有事的。」樹推辭陽子的好意，快步離開了。

那天他一如往常，和蕉葉在學校食堂晚餐。他不想被蕉葉發覺他偷看信件，裝出一副愉快的樣子，說在西本願寺唐門外遇上中村健二和一個叫做陽子的女孩。

「健二君提過，是他從小的鄰居。」蕉葉說，「現在讀京都高等女學校。」

「京都高女離這裡有段距離啊。怎麼中村讓她跑這麼遠？應該他多走幾步，至少也約在鴨川碰面嘛。」

「可能健二君還沒領悟對女孩溫柔的道理吧。」

「對女孩溫柔的道理？真會說話啊。」

但什麼是對女孩溫柔的道理？那天晚上熄燈後，他躺在床上，睜大眼睛看著昏暗的天花板。空氣很冷，就要凍傷他鼻尖，唯有厚重棉被下的湯湯婆溫暖雙腳。他突然醒悟過來——雖然今天以旁觀者的立場說了體諒女孩的話，但回顧自己的過去，他對莎莎其實沒有什麼溫柔可言。

現在他記起那些鬧脾氣的時候，還有去年恭太捎來莎莎的信，她說要一起回馬太鞍，他卻沉默以對。從那時候到現在，許多感受和想法在心頭來去，但他從來沒有懷疑過自己以為的莎莎的想法。說不定莎莎的心情根本就和他想的不一樣。他彷彿回到那個週日下午，手中拿著莎

莎的信，眼睛看著寬廣大洋，蕉葉帶恭太在遠處漫步，從人影慢慢變成小點。

那時候他為什麼沒有多花一點時間，從莎莎的角度來想呢？

然而那已經是超過一年前的事。現在懊悔已經遲了。

淚水突然湧上眼眶。他在棉被下握緊拳頭。

不就是你忙著自怨自艾，無情的把她推向那個男人嗎？現在還有什麼資格哭呢？

不過眼淚還是流下來了。蕉葉的床和他的床之間只有一道窄小走道，他不想被蕉葉發覺，連忙側身面對牆壁。

其實晚餐時蕉葉就看出來了，只是選擇保持沉默。那就好像當初樹看著蕉葉與真子，明知蕉葉偷偷溜出去和真子見面，卻佯作不知。現在蕉葉也是如此。如果樹能夠自己療傷痊癒，就沒有必要以旁人的身分去戳刺他的傷口。而且，蕉葉心想，樹心裡的疼痛也好悔恨也好，總之情緒就像花蓮港的波濤，一旦波動起來，恐怕會擊垮他整個人，也許最好的方法就是把一切吞嚥下去。靠著當下的一股硬氣，吞嚥下去。

蕉葉平躺在床上，動也不動。他站在投手丘上關閉的雙耳現在打開了，聽見窗外風雪隱約，屋內有人無聲哭泣。他儘量專注於聆聽，不去想像樹的感受，不然可能連他自己都會哭起來吧。十五歲離開馬太鞍到今天，不過幾年時光，但他已經不知道該怎麼理解過去。人生在不知不覺間被切成片片斷斷，每個片斷都是陰錯陽差的結果。於是現在他們身在京都，一個默默哭泣，一個默默傾聽。

京都的第一個冬天對他們兩人來說都很難熬，唯有野球是寄託。然後，二月初蕉葉收到美佐子來信，說學校安排春分後到京都的寫生之旅，會在京都過一夜，不知半次君練球之餘能否抽空相見呢。她說這個冬天學習西方人的編織，現在算是比較順手了，也為他織了一樣小東西，「雖然冬天就要過去，或許下一個冬天能夠用得上吧」。

三月底，櫻花開得極盛的時候，蕉葉沿七條通向東走了兩公里，來到遊人如織的鴨川。既然是美佐子就讀的清水谷高等女學校的寫生活動，學生們應該會穿制服吧，他想找穿著褲裙、學生模樣的女孩，卻總是被花花綠綠的人群遮擋了視線。他折而向南，沿堤岸走了一小段路，看到二三十公尺外有幾個女學生坐在下方草地畫畫，都穿著可愛的胭脂色褲裙。他正張望尋找美佐子的身影，前方蹦跳跑著的小男孩突然失足滑倒，從堤邊摔了下去。雖說鴨川水淺，但這麼小的孩子從兩公尺高處摔下石塊遍布的堅硬河床，比跌入深水更糟。情急之下他飛撲過去，抱著小男孩滾下河堤，摔落水中。他以自己後背著地，那小孩絲毫沒有撞到。

「還好嗎？」他抱著小孩起身，關心的問。

小孩大概六七歲，嚇得臉都白了，現在被他抱在臂彎裡，還是說不出話來。

「母親在哪裡呢？」他抬頭望向堤岸。所有人都停步觀望，一個女子驚叫起來。

「恭太！沒事嗎？」

「原來你也叫做恭太？」蕉葉笑了，抱著小男孩走上傾斜的河堤。

「他在我身上，沒有撞到，一點傷都沒有。」他對一臉焦急的女子說。

六、遠在他鄉的際遇　　　　　　　　　　　　　　　　171

女子摟著小男孩向蕉葉頻頻鞠躬道謝，還說要致上謝禮，不過蕉葉一笑走開。這意外事件也驚動草地上寫生的女學生們。一個長髮披肩的女孩走上草坡，揚手向蕉葉打招呼，是美佐子。

「沒事吧？背後都溼了呢，是不是該換下比較好？」

「不用為了這個特地回去換衣服吧。再說天氣也不冷。」

「半次君真的很敏捷呢。」

「有時候必須這樣接球。訓練還是有意義的。」

「這個，」美佐子遞過一個扁扁的紙盒，「要給半次君的。」

蕉葉有些吃驚，「信中說是小東西，我以為是裝湯湯婆的袋子……這花了美佐子ちゃん多少時間呢？我怎麼好意思收這樣的禮物？」

紙盒裡是一條墨綠色的毛線圍巾，編織細密，觸手又柔又暖。

美佐子抿嘴一笑，「半次君不收的話，我的時間不就全部浪費了嗎？」

「這……說得也是。」

雖然他們靠著通信已經熟稔起來，這只是他們第三次見面，來的路上他還有點擔心，不知是否認得出來。不過，美佐子這樣明眸皓齒的大美人，想不認出來恐怕都不行。他們沿著鴨川往南散步，遊人雖多，這風景卻美得如畫一般。

「半次君……野球方面一切順利嗎？」

蕉葉拿出勝尾寺的御守,「多謝美佐子ちゃん,一切都很順利。我正在練習新球路。」

美佐子看到御守,露出清新的微笑,「什麼樣的新球路呢?」

「連投手本人都無法預測去向的球路。」他伸出右手,食指和中指從上方扣著球,一個奇特的握球手勢。

「欸?這是⋯⋯」美佐子有點困惑,「這樣握球嗎?」

「這是特殊的球路。練成的話,連投手也難以控制球的去向。」

他向美佐子解釋,這種球的轉速低,會在半空飄動,不但打者難打,連捕手也很難掌握。

「有這樣的球路?」美佐子驚奇得睜大眼睛,「從來沒聽說過呢!那麼,今年夏季的比賽可以派上用場嗎?」

「我的話,大概不行吧。我沒什麼信心。健二君應該可以,他已經練了相當時間。」

「我記得那位投手,差點就完封高砂了,但還是嵐君厲害,從他手中打出全壘打。」

說到這裡,美佐子躊躇片刻,問起樹的近況。

「我不太清楚之前恭太君信裡說的究竟是什麼,也沒有打探的意思,只是想知道,半次君有沒有把那件事告訴嵐君?他還好嗎?」

「我沒告訴他,不過⋯⋯總之他現在很好。」

「嗯,只要現在好,就是最好的了。」美佐子很有分寸,不再追問下去。

他們往前走了一段路,蕉葉發覺人群中有個熟悉身影,是剛才提到的健二,他想出聲打招

六、遺在他鄉的際遇　　　　　173

呼，看到健二身邊有個女孩，又打消了念頭。

大概是健二君經常提到的、青梅竹馬的陽子吧，蕉葉心想。

中村健二就在前方五六公尺處，和朋友聊得很開心的樣子。他想告訴美佐子，剛才提到的投手恐怕打擾他們，轉念又想，這好像暗示自己和美佐子的關係，連忙把話又吞回去。

一個多小時就這樣消磨在開滿粉色櫻花的鴨川堤岸。和美佐子談話很愉快，蕉葉喜歡聽她說大阪生活，也很好奇獨特的大阪話，還請美佐子矯正他正在學習的京都話。

「其實半次君不必特別改變口音。半次君的鹿兒島口音並不太重，給人豪爽的感覺，不是很適合野球選手嗎？」

「是嗎？」蕉葉笑了，「不過，大阪話比京都話乾脆吧，好像也滿適合我。」

「說到這個，畢業後我想進日本女子大學，也該開始認識關東話了。」

「去東京？」蕉葉點頭，「和京都截然不同的地方啊。」

「半次君去過，我還沒去過呢。」

「去過球場罷了。」

聊得太愉快了，告別時蕉葉竟有些依依不捨。他陪美佐子走回寫生地點，看她走下草地，和同學會合。同學們看到她回來，都充滿興趣的圍上來，追問這一個多小時都聊了什麼呢？

「就是那個人吧？」其中一個同學抬頭張望，「之前救了小孩的人。」

「很漂亮呢。」

「說是平安中的野球選手,果然很矯健。」

美佐子沒有抬頭,似乎有點窘迫。蕉葉只好對那群女生微笑點頭,趕快轉身離開,混入人群。

帶著初春涼意的微風吹來,所有人都被柔弱花瓣妝點了滿頭滿臉。

那是蕉葉對美佐子好感的起點。他帶著美佐子的圍巾回到宿舍,與冬衣收在一起。好不容易才擺脫的寒冬,竟然因為這條圍巾而變得令人期待。

那天樹趁著放假無事,也去鴨川閒逛,巧遇健二和陽子,三人在堤岸邊坐著聊天。陽子關心遠離家鄉的樹,問起他在臺灣的生活。樹不想提起過往,但還是有禮貌的回應,沒想到陽子一下就看出來。

「家鄉對嵐君來說不是容易的話題,對吧?」陽子問,「請不要勉強回答。」

「呃,怎麼看出來的呢?」樹有些好奇。

「陽子通靈喔,哈哈。」健二插嘴,「從小她就能看出人的情緒。」

「才不是通靈。我只是比較細心。」

他們在草地上待了許久,還看到折返北去的蕉葉和美佐子。那兩人愉快交談,臉上都是明朗的笑容,先注意到他們的健二不禁咋舌。

「呀,雖說半次君平常也很愛笑,但從來沒見過他這麼高興的樣子啊。」

「那是對他來說很特別的女孩嗎?」陽子問,「是個大美人呢。」

六、遠在他鄉的際遇　　175

「美佐子ちゃん的小表弟住在臺灣，和我們很要好，特別拜託她照看我們。」陽子歪頭看著慢慢走去的兩人，「嗯，與其說她對半次君來說很特別，不如說半次君對她來說很特別吧。」

「這倒是有可能。」樹想起山下家的真子，不由得點頭，「半次很受女孩歡迎。」

健二從懷裡拿出一個野球，在手裡拋接，做出奇怪的扣球手勢。

「健二君的關節球已經練成了嗎？夏天可以派上用場？」樹問。

「差不多。但這種球難練又不好用。捕手也不見得接得到。」

「緊急時刻可以欺敵吧？」

「那倒是真的。」

「健二君不嫌麻煩的話，改天請讓我試試這種關節球。萬一夏天遇上某隊有人練這球路，我們也不好一點準備都沒有。」

「好啊好啊，那有什麼問題。」

「真的是野球選手。」陽子笑著，「隨時都想著野球。」

「不然要聊什麼呢？」健二拔起腳邊的草，笑著扔在陽子膝頭。

這兩人真是很登對啊，樹心想，都是十分明朗歡快的性格，這樣看過去，或許因為笑容的關係，甚至覺得他們連外貌都相似。看著這樣的情景，極力想要拋卻腦後的念頭似乎又要浮現，他趕忙轉頭望向堤岸上的遊人。

蕉葉大概還和美佐子愉快的聊天，我回去也是一個人坐著，不如趁天暖坐在這裡觀望風景。

只是，櫻花飄落清淺的鴨川，明媚春光本來暗含愁緒。

京都之繪與殤

那個春日過後，樹和蕉葉的生活簡單平靜，每天就是上課、練球、讀書。蕉葉聽美佐子說日後要去東京，也興起去東京讀大學的念頭，問題是，他們一文不名來到日本，現在全靠西本願寺的資助，怎樣才能讀大學呢？

那一年平安中沒能取得京津地區代表權，無法參與全國中等學校優勝野球大會，眾人放假回家後，偌大校園只剩樹和蕉葉兩人，他們除了宿舍別無棲身之處。因為學校食堂關閉，他們三餐都去西本願寺。寺院僧侶不吃肉，每餐都是米飯、味噌湯、醃小黃瓜，晚餐有比較多蔬菜和豆腐。這對樹和蕉葉來說不是問題。以前在馬太鞍，他們也不常有肉吃，去花蓮港當苦力才每天晚餐有鳩肉。不過他們在西本願寺食堂只吃了幾天素食，桌上突然多了蒸蛋和魚，一問之下，原來右京得知他們來此用餐，特別叮嚀廚房，要給野球選手多一些肉蛋魚類，午餐也要給多飯糰，不然他們恐怕沒有力氣打球。

「應該要去謝謝右京先生吧。」連續三天吃了有蒸蛋的午餐，他們這樣思忖，卻不知道右

京在哪裡。

他們從堀川南岸的會館食堂出來，過橋進了御影堂門，竟然就這麼湊巧，在那株大銀杏樹下遇見右京。之前他們見到右京總是穿著西服，現在卻穿著深色便裝和服，腰繫博多帶，一時之間差點沒認出來，還是右京先開口和他們打招呼。

「聽說右京先生關照我們三餐伙食，真的非常感謝。」樹和蕉葉走入銀杏樹蔭下。

「那沒什麼。其實本願寺派不禁止食肉，只是剛好現在的僧侶們不喜歡吃肉罷了，廚房料理魚肉並不困擾的。」

「繼續努力就是了。野球是團隊競賽，並不是一兩個優秀選手就能獲致成果，不必因此煩惱。」

「今年沒能拿到京津地區的代表權，十分懊惱呢。」樹說。

「啊……」蕉葉看了樹一眼，「我們接受西本願寺的贊助，在這裡也一年了，不知道再過兩年，畢業之後，有什麼該盡的義務呢？」

右京看著他們兩人，似乎猜中他們心思，露出感興趣的微笑。

「你們有什麼想法嗎，畢業之後？」

「我們想繼續讀書，想進大學。」

「只要表現夠好，西本願寺不會吝惜培養人才。」右京直接點破，又好像要避免他們尷尬，揚手指向北邊，「走吧，我們出去逛逛，慢慢的聊。」

178　蕉葉與樹的約定

右京帶他們離開西本願寺，上了一輛私人轎車。這是他們兩人第一次搭乘私人轎車，感到非常新奇，又不好意思東張西望，都正襟危坐。不久後車子過了七條大橋，沿川端通往北，直到四條大橋右轉，沿著四條通往東。

「你們沒去過祇園吧？」右京問。

「祇園？」樹和蕉葉都很吃驚，「是指藝妓茶屋所在的地方嗎？我們正往那裡去嗎？」

「我們去祇園町北側的一處茶屋。你們沒去過茶屋，我帶你們見識見識。」

右京是西本願寺派館長事務監督的重要助手，本身不是僧侶，沒有不得出入祇園的規矩，再者，樹和蕉葉名義上是中學生，其實都已過了二十歲，到此遊歷也說得過去，只沒想到右京的態度會這麼輕鬆自在，毫不避嫌。

他們在祇園町北側一處花木扶疏所在下車，隨右京踏入一間雅致屋舍，被引入二樓一個房間，敞開的窗口望出去，松樹遮去一半視野，下方是一座清幽池塘，曲折小徑通向別的院落。

他們才剛坐定就有舞妓送來茶水。以前他們也在鴨川沿岸遠遠見過舞妓，現在距離極近，都感到非常拘束。

「沒想到右京先生中午過來呢。」舞妓看來年紀很輕，大概十七八歲，帶一點青澀感講著世故的話，一身衣裳華麗得讓人移不開目光。

「晚點還有事，又想聽你們彈三味線唱歌，只好這時候過來。」

「那是當然了，一定要為右京先生唱歌的。」

六、遠在他鄉的際遇　　　　　　　　　　179

不久舞妓彈三味線唱起端歌，一下唱春天的櫻花，一下唱落雪的街頭，歌詞典雅，樹和蕉葉聽得似懂非懂，只覺得非常美麗。

右京轉頭望著窗外出神，又或許是陷入沉思，似乎不再留意屋中弦歌。樹和蕉葉順著右京的目光望出去，松針掩映下有個身影，不像舞妓那般衣著斑斕，深衣淺帶，頭飾簡單，獨自站在池塘邊，顯然是個藝妓。兩人以眼角偷瞟右京，他正目不轉睛看著那低頭的身影，同時屋內的舞妓還唱著動聽的歌。

月色朦朧，花香誘人的夢中

春夜風裡梳著頭髮

思緒低沉，在那黃昏星下

「啊，還沒談你們的未來呢。」右京突然說，那時舞妓的歌曲告一段落，樓下的藝妓繞過池塘，往另一邊的屋子去了。

「啊啊，我們⋯⋯」他們兩人有如大夢初醒。

「你們想唸大學，這不是問題，只要你們表現得夠好，西本願寺有可能繼續資助你們。」

「這樣啊，」蕉葉想了一下，「但接受西本願寺的資助，就表示我們必須留在京都？可是我們想去東京，希望能進入法政大學。」

「東京也有淨土真宗本願寺派的寺廟，很容易引介溝通。」右京笑得很輕鬆，一掃先前屋內凝重氣氛。

「但是，」他又補充，「你們必須在野球和課業上都表現出色才有可能。不能因為日後想進大學而荒廢野球，畢竟這是當初延攬你們到平安中的原因。」

他們沒有在祇園停留很久，一小時後右京要赴其他約會，他們也跟著離去，搭右京的轎車回到西本願寺。

儘管為時短暫，茶屋的美麗安寧在他們心裡留下深刻印象，右京的凝望更是難以言喻，似乎背後還隱藏著故事。也許那藝妓是他的戀人，只是藝妓諸多身不由己，可能被安排了婚事，無法回應右京。

不過他們只是偶然闖入那個世界，一踏出祇園，現在又回到現實了。從那時候開始，在無人的校園裡，樹和蕉葉每天清晨讀書一小時，早餐後去跑步、練球，午餐過後繼續讀書兩小時，然後去外面散步。這是右京給他們的建議。他說一直做同一件事容易疲乏，要適時轉移注意力。

他們幾乎每天下午都從平安中沿七條通走去鴨川，之後往南或往北走幾公里，再循原路走回學校。每次走在鴨川，總會想起去年初到京都的情景。那時候走在這裡，一切如此陌生，一年過去，他們已不再驚奇於鴨川景色，不論何時抬頭一望，看到的屋簷和窗景都似曾相識。

甚至，他們連祇園都去過了。

六、遠在他鄉的際遇

暑假結束之前，他們好幾次在鴨川遇上陽子。她帶著素描本和鉛筆，一遍一遍畫著河景。她說抱著一個學畫的願望，希望畢業後能去東京，進入女子美術學校。

「去東京啊。」聽說陽子和他們有類似目標，樹眼睛一亮，「所以，健二君也計畫去東京讀書嗎？他就要成為三年生了啊。」

「健二？他不會離開京都的。」陽子笑起來，「他會報考京都帝大吧。」

「欸？陽子ちゃん去東京，健二君不去的話，就很難維持關係了，不是嗎？」蕉葉問。

「維持關係？」陽子呆了一下，又爽朗的笑了，「半次君誤會啦！我和健二是好朋友，一起長大，所以比別人親近，他又大我一歲，特別關照我，只是這樣而已。」

樹點頭，「所以不是他還沒領悟到對女孩溫柔的道理，而是沒有這樣的念頭。」

「對女孩溫柔的道理？」陽子用手搗著嘴巴，儘量不要笑得太放肆。

「是半次發明的語言，不關我的事喔。」樹說。

「你講出來的，卻說是我發明的語言？」蕉葉不禁好笑。

假期結束後一切照舊，樹和蕉葉成為二年生，是野球隊主力，他們希望協助球隊在明年夏季贏得好成績，取代表權去西宮甲子園比賽，比往日更積極練球。入秋後天氣一天涼過一天，樹喜歡暑期養成的習慣，依舊常到鴨川散步。櫻樹葉子落盡，只剩禿枝。欅樹鮮豔非常，滿樹黃橙紅色。垂柳轉為帶著淒清感的枯黃，銀杏卻像燃燒的黃金樹一般。他不時在這裡遇到熱心寫生的陽子，總是讚嘆她的風景寫生，很多時候只是簡單幾筆，就捕捉到河堤風景、季節

蕉葉與樹的約定

神韻。

大正十五年入冬後，天氣並不很冷，但纏綿綿溼溼氣令人難受。就在這一年即將結束時，突然傳來天皇崩御的消息。當然，天皇陛下體弱多病，早幾年已由皇太子裕仁親王攝政，是盡人皆知的事，但這噩耗還是來得太早太突然，畢竟多數成人還清楚記得當年明治天皇崩御，如今又一位天皇離世，自然舉國震驚。

那是十二月二十五日，樹和蕉葉一早踏進教室，看見講臺上放著一個籃子，裡面都是黑色喪章，這才知道天皇陛下深夜辭世，皇太子已經繼位，改元「昭和」，現在已是昭和元年。學生們領了喪章，佩戴在手臂，還被告知若是換下校服，就得穿黑色喪服，還要把白色喪帶繫在腰上。

國喪使一切失去色彩，新年沒了歡快氣氛。一月中，京都飄起不大不小的雪，落到地面很快消融，於是整個國喪期間都溼漉漉的。

昭和二年二月初，大正天皇隆重下葬東京武藏陵，給人什麼重大壓力告一段落，終於可以鬆一口氣的感覺。三月初，氣溫終於升高到超過十度，雖然空氣還冷，鴨川兩岸梅花盛開，柳樹也抽出新條，預示櫻花季節已經不遠。樹沿著鴨川漫步，正想著陽子又有美麗景緻可以寫生了，就看到她坐在前方堤岸邊緣，怔怔望著下方寒凍流水，臉上一絲笑容也沒有。

「陽子ちゃん，怎麼了？」他上前打招呼，在陽子身邊坐下。他們腳下的堤岸斜坡已是一片新綠。

六、遠在他鄉的際遇　　183

「我的東西掉進鴨川了。」陽子苦著臉。

「是什麼東西？」

「玉簪，上面有翠玉球的髮簪。」

陽子和往常一樣穿著校服，通常她會將頭髮梳到腦後，用一個髮夾固定，這樣既可愛又整齊。她說今天一時興起，想要綰起頭髮，沒想到一個不小心，失手將玉簪掉入鴨川。

「那是母親給我的生日禮物……」

樹回頭一笑，「來日本之前，我曾經在港口工作，就算整個人浸在這樣的冷水裡，也不會有事的，陽子ちゃん放心吧。」

樹望向堤岸下，「這裡水很淺，也流得不快，可能玉簪還在那裡呢。我下去看看。」

「哎呀嵐君！」陽子看他往下走，連忙起身阻止，「水很冷，別下去，會生病的！」

他走下堤岸，果然不遠處有一支髮簪卡在石頭中間，玉球浸在清水裡，綠得亮眼。他褪下鞋襪，赤腳涉水去撿玉簪。

「陽子ちゃん！」他舉起手中玉簪，對陽子揮手，另一手勾起鞋襪，快步走上斜坡。

「謝謝嵐君！」陽子接過玉簪，高興得幾乎哭出來，「我一定要報答嵐君！」

「不用啦。這有什麼呢？」

「這是很重要的東西，我一定要報答嵐君！」

「是嗎？一定要道謝的話，一張寫生畫就非常好了。」

拾回玉簪在他來講只是舉手之勞，但陽子真的當作受了大恩惠，認真畫了一幅他和蕉葉的肖像，僅憑印象竟也畫得相當傳神。畫中兩人穿著平安中制服，沒戴帽子，微笑站在西本願寺唐門前。她畫出唐門的金漆和各種瑞獸，有顏色和大致形狀，沒有太多細節，反而給畫面增添奇妙的現實感。樹將這張畫貼在宿舍牆上，他和蕉葉的書桌前，讀書時偶然抬起頭來，看到畫中人的微笑，也會跟著微笑起來。

蕉葉也很喜歡這幅畫像，只是覺得有點奇怪。

「我又沒幫上忙，為什麼連我也畫進去呢？這不是很麻煩嗎？」

「陽子ちゃん認為我們是親兄弟的關係吧。」

蕉葉在信中和美佐子分享這件趣事，美佐子的回信卻令他沉思。

不認識陽子ちゃん，這單純只是我的猜測：陽子ちゃん可能對嵐君很有好感，至少是超過對普通朋友的感覺吧，不然就算是誠心道謝，恐怕也不會費那麼大的力氣。

美佐子的揣測很合理，但這邏輯讓他想到自己從美佐子手中收到的禮物。漂亮的圍巾，花費的時間恐怕比肖像畫還多。這是不是意味美佐子對他也抱著超過普通朋友的感覺？

他不太確定該怎麼想這件事。他很喜歡美佐子，但總是下意識控制這種感覺，不去想友誼

六、遠在他鄉的際遇　　　　　　　185

以外的其他。他還沒忘記幾年前在花蓮港，他和山下家的真子第一次也是最後一次月下散步。真子當然沒有告訴父母自己喜歡農校的生蕃野球選手，父母為她選擇浪人一般的秋澤為夫婿，她就默默接受了。生蕃是不會被接受的身分，連提都不必提起，乖巧的商家女兒不會挑戰這一點。他們最後一起散步時也很有默契，全然不提這令人難受的現實。

他無意將關於真子的回憶帶來日本，沒想到不小心把御守夾帶進行李。去年夏天比賽時他還隨身帶著，等到確定要留在日本，進入平安中就讀，他就將那御守收在行李深處，不再拿出來了。現在他把美佐子送給他的御守放在宿舍書桌上，每天早上收進口袋，不論上課練球都帶著，只沒有細想這舉動的意義。現在他突然間意識到，如果真子曾經象徵一個可能的對象，現在美佐子已經取而代之了。

這不是很可笑嗎？他不禁自問，美佐子的父親是中學校長，桐生家比山下家更不可能接受生蕃。但話又說回來，若他能順利進入東京的大學，證明自己的能力，或許還有機會說服桐生家。

他把這個問題放在心裡，每天總要拿出來思索一兩遍，還曾經起過衝動，想寫信詢問美佐子：那你為什麼花那麼多時間織圍巾給我？但他考慮了兩個月，決定裝作沒這回事，全然不要提起。這兩個月裡，美佐子又來信過兩次，但他節省郵資，總是一兩個月才寄出一封回信。

四月中他回信給美佐子，談到生活瑣事，此外就是最近讀的書和雜誌，內容很平常。六月中他再度回信給美佐子，那時全國中等學校優勝野球大會京津地區賽事也開打了。去年他們沒

能爭得地區代表權,今年自然全力以赴,而對蕉葉和樹來說,若今年沒能取得代表權,他們在平安中就只剩下最後一次機會。他在信中提到這一點,說大家都對此抱著熱切的期盼。他沒在信中寫到的是,如果今年取得地區代表權,他們就會前往西宮出賽,在那之前所有球隊會集合在大阪,抽籤決定賽程,他就可以和美佐子見面了。

或許能像初見那時,再次相約天王寺公園,一起漫步在清涼的梅林。

結果不如人意,他們連續兩年敗給京都東山中學。蕉葉試圖在信中掩飾失望之情,不過美佐子回信非常爽朗,直接道出他的心聲,又很有分寸。

我很佩服半次君這樣豁達的心境。我只是觀眾,卻因為無法在西宮見到平安中的野球隊,感到非常非常失望,尤其失望沒能見到半次君上場比賽。之前我還想,只要平安中拿到代表權,就要設法說服母親,讓我去甲子園看比賽。不過,雖然不能在西宮相見,我們家有可能去京都探訪親友,只要確定成行,一定馬上寫信告訴你,希望屆時你在京都,我們可以碰面敘舊,或許像去年春天那樣,沿著鴨川散步。夏季的鴨川一定也非常美麗吧。

陽子在京都中等學校藝術比賽獲得第三名,是昭和三年春天的第一個好消息。陽子說,母親本來對她學畫頗多保留,也不情願女兒遠離京都,但在重要比賽獲得這麼亮眼的成績,也讓

六、遠在他鄉的際遇　　　187

母親重新考慮了。現在陽子很有信心，最後一定能說服父母讓她去東京學畫。

「我好期待，」陽子說，「進入女子美術學校，我就正式踏上成為藝術家之路了。」

「陽子ちゃん畫得這麼好，我相信沒問題的。」樹說。

那時他們坐在鴨川堤岸，頭頂是三月的晴空，腳下是清淺的流水，又是梅花盛放季節，每有風過，白梅花瓣滿天旋舞。

陽子抱著素描本，望著對岸的梅樹和樹下行人，轉過來看著樹。

「女子美術學校很難進去呢。除了要有老師推薦，還要準備相當的作品集。我需要畫一幅有人物有風景的寫生畫，嵐君能不能讓我畫呢？」

「啊？在哪裡畫？」

「就在這裡。」陽子用鉛筆指著腳下，「要一個人物在前面，後面是鴨川。」

「那，我就這樣坐著嗎？」樹左顧右盼，又低頭看自己身上的校服，「就穿這樣嗎？」

「明天嵐君能換和服過來嗎？顏色深一點的。」

「好啊，沒問題，如果幫得上忙的話。」

那之後一連幾天下午，樹如約穿著深色和服過來。陽子以他為模特兒作畫，他就坐在岸邊看書。有一天，他從蕉葉桌上那疊借閱雜誌裡抽了一本帶來，是大正五年的《新思潮》，裡面有一篇芥川龍之介的〈孤獨地獄〉吸引他的目光。芥川寫到他母親的舅公在吉原的玉屋結識一名嫖客，其實是個僧人，因為那時禁止僧侶吃肉娶妻，這人便改扮喬裝自稱醫生。樹馬上想到

曾經帶他和蕉葉去祇園的右京。他會不會其實是個僧侶？雖然本願寺派的僧侶可以結婚，涉足祇園總是容易招來流言蜚語，因此他不表露身分？

正在胡思亂想的時候，有人從他們身邊經過，一個熟悉聲音鑽入耳中。

「請轉告美知，我沒有辦法……我必須和大谷家的小姐結婚，請她忘了我吧。她跟著那個男人，我相信以後也會幸福的。」

右京先生？樹抬起頭來，兩個男人正向北往七條通方向走去，其中一人確實是右京，身著不引人注意相當簡單樸素的和服，旁邊那人看來頂多二十歲，衣著也很低調，有點像祇園僕役，似乎在勸說右京，但右京只是一直搖頭。

美知大概就是當時站在池塘邊的那個藝妓，樹心想，原來不是她的婚姻被決定，不能和右京在一起，而是右京要和淨土真宗本願寺派門主家的小姐結婚。想來這婚姻對他的事業非常重要，只能辜負紅顏知己了。

真是荒唐啊，樹看著右京遠去的背影，心裡浮現這樣的念頭。階級、門第，就是構成這世界的根本邏輯吧。他想起花蓮港海灘苦力的日子。那個長雨初晴的四月天，新任臺灣總督田健治郎搭乘長春丸抵達花蓮港，那灰髮長者就是他所見過身分最尊之人，據說擁有男爵爵位。當然，華族離他是太遙遠了，但就連普通人和他們生蕃也不在同一個世界。他想起蕉葉高攀不上的商家女兒，一想到「商人」，某個令他痛苦的名字和形象幾乎就要浮現眼前，他連忙轉向陽子。她正低頭修改不滿意的筆觸。

陽子和往常一樣，穿著可愛的褲裙校服，長髮束在腦後，頭上戴一個花朵狀的小巧夾子，顯得很俏皮。他卻不由得想，陽子天真爛漫，或許只因為她涉世不深。也許她去了東京，結識許多人以後，也會了解這世界運作的原理，變得世故甚至勢利起來。是啊，人與人乍看沒有分別，實則分別深入骨髓。出生的那一刻，就已經注定往後的一輩子。

他怔怔看著陽子的鉛筆，突然右肩遭了重擊，撞擊力道之大，痛得他差點叫出聲來。回頭一看，健二跑上前來。如今他是京都帝大經濟學部的學生，穿著漂亮的深色西服，很有明日帝國菁英氣象。

「抱歉啊嵐君，球沒拿好，不小心脫手了。」健二露出歉疚神色。

「沒關係⋯⋯」樹伸手撫著右肩，但實在非常疼痛，不由得皺起眉頭。

「健二！」陽子露出怒容，「你怎麼可以用球砸嵐君！」

「沒有啊，只是球沒拿好而已⋯⋯」

「哎，有可能的，沒關係，沒什麼事⋯⋯」樹開口勸解，不過陽子已經收拾東西站起身來。

「胡說！只是失手掉了球的話，怎麼會這麼大力量打到嵐君！」

「嵐君，這是嵐君打擊的手呀，要是受傷就糟了。走，我們去看醫生吧。」

「不用不用，我沒事的。」樹瞥見健二眼中怒火，連忙拿著雜誌起身，忍痛揮舞右臂，

「看，我沒事的。」

陽子猶豫了一下，「那麼，嵐君回去休息吧。今天不畫了，明天，不，後天再畫吧……總之請嵐君好好休息。」

這樣說完了，陽子抱著畫具轉頭就走，健二連忙追上，跟在旁邊不停的說好話，陽子卻毫不理會，一直往北走去。

樹心裡有數，健二吃他的醋，大概真的故意拿球砸他，刻意繞路返回學校，請蕉葉查看傷勢，但肉眼只能看出被擊中的部位紅腫發熱，無法知道是否傷及骨頭。

「這幾天小心一點。明天向教練報備，先不要練習吧。」蕉葉說。

樹點點頭，在桌前坐下。陽子那張作為謝禮的畫還貼在牆上，在他和蕉葉的桌子中間。

「你打算怎麼辦？」蕉葉問，「我是說，陽子ちゃん的事。」

樹低頭看著自己膝蓋。深色和服沾上灰塵和草汁，他小心拍去，嘆了一口氣。

「我打算當作沒這回事。」

「陽子ちゃん顯然很喜歡你。」

「那又怎樣？」

「你不喜歡她嗎？不想試著把握一個好女孩嗎？」

他依舊低著頭，「你打算把握美佐子？」

「嗯，如果我能進東京的大學，就會正式向她表白。」

六、遠在他鄉的際遇　　　　　　　　　　　　　　191

「也就是說，接下來幾個月內就會明朗。嗯，希望一切順利。」樹有點敷衍。

「你還是不願意告訴莎莎那件事，重新開始嗎？」

他抬頭看著蕉葉，有點意外蕉葉這樣直接說了出來。這還是離開臺灣以後，他第一次聽到「莎莎」這名字。

「不要再講這個話題了吧。」片刻後他回答。

「嗯。不過，至少有一點，我們之前都搞錯了——健二君其實對陽子ちゃん有意，才會吃醋拿球砸你。」

樹不再說話，將那本《新思潮》雜誌攤在桌上，瞪著芥川龍之介的文章。

根據佛教的說法，地獄也有很多種，一般說來，可以分為根本地獄、近邊地獄、孤獨地獄三種。從「南瞻部州下過五百逾繕那乃有地獄」這句話看來，地獄大概自古就在地下吧。只有那孤獨地獄，無論山間曠野樹下空中，似乎隨時隨地都可出現。也就是說，眼前的世界在轉瞬之間就會現出地獄的種種苦難行狀來。我自兩三年前就墜落於這地獄，對任何事物都不能保持長久興趣，總是被迫從一個環境轉到另一個環境。當然，即便如此，也無法逃脫地獄的苦難。

那實在是錯誤的時間讀到的錯誤的文字。也許我正看著這所謂的地獄光景呢，他不由得這麼想。就像蕉葉說的，陽子是可愛的好女孩，是善體人意的好朋友，但他無法換一種眼光看

192　蕉葉與樹的約定

她。就像有什麼東西阻擋心情的去路。他被困在一道無形牆後，那道牆是已名字叫做莎莎。她還在入船通的大宅裡住著呢，每天細心照料她和梅野的孩子。那孩子會讓她作為小妾的生活比較有保障嗎？

那天之後，健二沒再出現，樹還是去鴨川讓陽子畫畫，因為那是已經答應的事。幾天後，他覺得畫中人物接近完成，不再需要真人坐在面前，於是向陽子提議，說明天起不再過來了。

「嵐君是因為……健二的關係？」陽子放下鉛筆。

「沒什麼。」他設法露出友善的微笑，「只是希望有多一點時間準備法政大學的考試。」

陽子垂下目光，「嗯，我了解了。希望秋天大家在東京再見。」

他站起身來走了，但沒走多遠又回過頭去。陽子正看著他，那甜美溫和的臉孔不知為何顯得悲傷。他腦中突然閃現往事──當初在花崗山球場，他不顧一切質問莎莎和梅野的關係，逼著莎莎隨梅野走了，之後又狠心不回覆她的信。

他不由自主停下腳步，猶豫幾秒鐘，又走回去。陽子一臉驚訝看著他。

「對不起，陽子ちゃん，剛才我太沒禮貌了。既然答應要協助，理當協助到最後。如果現在有需要……我還是坐下來嗎？」

「謝謝嵐君……」陽子露出微笑，又拿起鉛筆。

他不等陽子回答，自己坐了下來，擺回先前的姿勢。

不過，被球砸傷的情況比他原先料想得嚴重。恢復練習後又過了一些日子，他總覺得右肩

比過去軟弱，無法如意施力，告訴教練並看過醫生以後，被囑咐要好好休息。

「骨頭可能有點裂傷，這除了休息別無他法。」醫生這麼說。

那時已入四月，不知休息到何時的診斷令人焦躁，不過他還是設法靜下心來讀書。六月他和蕉葉要去東京參加法政大學的考試，要考日本語及日本文學、英語、歷史、數學和自然科學，若通過考試，還要再參加面試。他們對筆試還算有信心，比較擔心面試。不過眼前擔心這個並無意義。若是沒通過筆試，也就沒什麼面試了。

每天下午，他如常和球隊一起練習，除了不揮棒不傳球，其他訓練都照舊。練習完後他回房間換衣服，再到鴨川與陽子會合。陽子其實已經不需要他坐在那裡，但顯然樂意每天見到他。至於他自己，那天他會停步回頭，是因為不希望日後萬一出了什麼事，他又要陷入自責。只是一旦回頭，好像就連心意也逐漸動搖。陽子認真作畫的模樣總是讓他微笑，但每次發覺自己笑了，又急著轉開目光。

這樣帶著一點曖昧感的日子又過了幾天。一天下午，他陪陽子畫完，兩人在七條大橋互道再見，他往西走回平安中，突然感覺全身乏力，僅僅兩公里的路竟然走得有點辛苦，回到宿舍就不顧一切躺倒床上，在恍惚中閉上眼睛。

那之後幾天都是如此。一切變得困難，上課總是恍神，練習時非常侷促，照理說不該造成多大負擔的訓練，竟讓他全身冷汗。

大概是感冒吧，他心想，一點小問題，今晚早點睡，明天應該就好了。

四月下旬那一天，他和陽子約好要看完成的畫作，但他沒能赴約。這是他開始練習揮棒的第三天，大動作讓他頭暈眼花。他扔下球棒，轉身離開球場，正在練投的蕉葉注意到，跑上前來。

「哥哥，還是不舒服？感冒還沒全好，你今天不要練習吧。」蕉葉關心的搭著他肩膀。

他沒能回應。腳下土地突然搖晃起來，撞向他的眼睛。

再睜眼時，他躺在宿舍床上，蕉葉和健二坐在旁邊。

他很意外看到健二。用球砸傷他肩膀後，健二就沒再出現過，現在卻是一臉難過。

「健二君⋯⋯」他試著開口說話，但發出聲音讓他胸腔劇痛，額頭滲出冷汗。

「嵐君，對不起。」健二說，「我想，嵐君生病和我有關。嵐君受傷變得虛弱了，才會感冒的。」

「感冒而已，沒什麼了不起。」他勉強擠出笑容。

「哥哥，」蕉葉靠過來，「很不湊巧，校醫今天不在京都，明天一早回來。如果很不舒服，我可以去找老師，送你到外面看醫生。」

「沒那麼嚴重。我睡一覺就好了。」他閉上眼睛，又馬上睜眼望向健二，「健二君，今天代我跑一趟，去和陽子ちゃん碰面吧。請告訴她，我身體不適，無法赴約，很抱歉。她說今天要給我看那幅完成的畫。如果她詢問我的狀況，請告訴她，只是稍微嚴重一點的感冒，沒事的。」

六、遠在他鄉的際遇　　　　　　　　　　　　　　　195

「嵐君，真的很抱歉……」健二說。

「別再道歉了。」他在枕上搖頭，「見到陽子ちゃん，別忘了對女孩溫柔的道理。你不是小孩了，說話做事不該任性。」

「也許他們可以藉這機會談談。」健二離開後蕉葉說。

「嗯。畢竟他們青梅竹馬，怎樣也比一個遠方來的生蕃合適。」

他很快又陷入昏沉，各種不適逐一浮現。力氣彷彿潮水，從身體深處向外流散。是不是落入地獄了呢，他心中有這樣的念頭，然後隱約聽見有人說話。

「這應該是流行性感冒引發的肺炎，看狀況相當凶險，卻沒有藥物……」

「總有一些可以採取的措施吧？」

「嗯……實在沒有可用的藥物，只能讓他多喝水、喝湯，維持體力。」

「但他並不清醒，怎樣能讓他喝水喝湯呢？」

「只能等他清醒了。」

突然有人握住他的手，對他說邦查語。

「哥哥，我是蕉葉。你聽得見嗎？我拜託右京先生請醫生過來。你生了重病，我們要給你吃喝一點，補充體力……你聽得見嗎？」

右京先生？樹這才聽出說話者之一是右京，現在正吩咐人去準備湯水，看來他不僅親自

196

蕉葉與樹的約定

走這一趟，還帶著從人過來。他睜眼回應蕉葉，也想向右京道謝，卻怎樣也睜不開眼。交談的聲音很快又模糊淡去。他恍惚踏入一個夢境般的地方，迷霧中許多身影，有的陌生，有的熟悉，還有一個這些年來他不想記起也不想看見的人。從小一起長大的莎莎。她穿著邦查人的衣服，黑白交纏的綁腿，赤腳站在一點距離外對他微笑，月亮般的圓臉，春風似的笑容。

糾纏在他身體深處的寒冷與燥熱隨著那句話同時瓦解了。激流在體內衝撞激盪，讓他頓失方向與平衡，他卻突然有了一點力氣，能夠睜開雙眼。

昏暗的房間，低微的光線，蕉葉坐在他面前。

他從來沒見過蕉葉那麼憔悴的樣子。原本漂亮的臉好像突然瘦了許多。不過，他自己的模樣應該更糟吧。那一刻他非常清楚意識到，他就要死了。

「蕉葉，」他動了一下指尖，「你沒忘記當初答應山的⋯⋯你要記得帶我回家。」

淚水湧出蕉葉眼眶，從他那張漂亮的臉上不斷流下來。

「先把我火化，然後，可以的時候，帶我回家，走一遍我們走過的路。我們沒有加入年齡階層，只有你能為我做這件事了。」

「什麼時候回來呢，樹？」莎莎好像這麼說，「我在等你一起回去馬太鞍啊。」

蕉葉流淚握住他的手，頻頻點頭，卻說不出話來。然後樹想到，蕉葉可以為他走回家的路，那麼，未來某一天，誰要為蕉葉走那條路？

他有很多話想說。他想告訴蕉葉，現在他非常懊悔。為什麼存著和梅野競爭的心呢？何

六、遠在他鄉的際遇　　　　　　　　　　　　　　　　　　　　　　　　　　　　　　　197

必在他們的世界裡競爭？為什麼當時不乾脆和莎莎一起返回馬太鞍，就算可能遭人訕笑，那又有什麼關係？他不知道蕉葉和美佐子的未來如何，但既然蕉葉真心喜歡美佐子，也真心熱愛知識，想讀大學，日後成為律師，那麼，就抱著勇氣去追求吧。

「去東京吧。去東京唸書。希望你克服一切困難，和美佐子走在一起⋯⋯」

他沒能把想說的話說完。各種不適逐漸淡去，現在他被一種難以形容的重量拉扯，好像高飛球落入等待的手套，被牢牢掌控。野球選手本身也有被接殺的時候嗎？他彷彿從五十公尺高處急速下墜，下方野手臉面不清，高舉手臂大張紅棕色手套，日光下亮得刺眼。墜入那既亮又暗的空間之前有人叫他，極熟悉的聲音，但他已經無法回應。

七、回到最初的海灘

鬼記起往事,初次向其朗講述的那個夜晚,在其朗的感覺裡彷彿一千零一夜濃縮成一夜。鬼從山下講到山上,最後在俯瞰馬太鞍的山腰小徑停下。黑暗瀰漫下方的狹窄谷地,遮掩街道與住宅的隱約燈火,好像一幅靜謐圖畫,又顯得有些詭異。

他們在那裡一站就是三個多小時。其朗赤腳穿著拖鞋,現在逐漸沾染夜露,趾間變得很涼。他想大概要這樣站一整夜吧。不過鬼講到京都那個夜晚,李阿貴隨右京離去,倏然切斷話題。

「回去吧。」鬼說,「午夜了。」

其朗拿出手機。十一點五十六分。

「嵐先生怎麼知道時間呢?」

「雖然有這些礙事的燈光,但時間在這裡流動的方式沒有改變,一旦記起來,我就能判斷了。」

「時間流動的方式?」

「嵐先生不是說,感覺不到時間?」

「我感覺得到,只是不覺得短暫或久長。」

他們循原路下山,到家時已過午夜。其朗家和左鄰右舍一樣,所有門窗都暗著,只有路燈照亮庭院。其朗在門口的儲水桶前清洗沾染泥濘的雙腳,放輕腳步進入屋內。鬼坐在樹樁上,看著趴在屋簷下的黑狗。之前這黑狗對他渾然不覺,現在卻抬起眼皮看他。

「狗,看得到我嗎?」

狗斜眼瞟他,然後閉上眼睛,安心的睡了。

鬼仰望涼水般的馬太鞍夜色,想起京都的那些日子,月亮彷彿淚水拼貼而成,映在鴨川流水無聲哭泣。那時他拼命想將莎莎從心頭抹去,現在卻想發掘當初試圖逃避、如今已歸於塵土的一切。馬太鞍人說,莎莎沒有孩子,難道戰後梅野帶著孩子回日本,拋棄沒有名分的生蕃小妾?

他想知道莎莎後來的生活,但周教練家沒再找出相關的東西,小薰訪問馬太鞍許多人,也沒能問出更多,因而非常沮喪。莎莎過世還不到二十年,部落裡卻幾乎問不出她的生平,似乎也沒有人記得去日本打球的樹和蕉葉。「青山嵐」和「青山半次」兩個名字全然派不上用場,因為那是他們在京都才取的名字。

調查觸礁的同時,為時三天的馬太鞍祭典開始了。過去其朗年紀不夠,沒有加入年齡階層,也不參與籌辦祭典,但只要人在部落,總會過去湊湊熱鬧。今年他卻不願意靠近祭場,唯恐遇上外地回來的親友,又要對小薰指指點點。他藉口要幫太巴塱的小學生練球,無法陪小薰去祭典,小薰於是向其朗媽媽借來腳踏車,天一亮就跑去臺九線公路旁的祭場,趁著人少,坐

200

蕉葉與樹的約定

在角落畫下祭場的大致樣貌。

天亮之後，其朗一如往常，騎車載鬼去苦瓜田地。

「處理完苦瓜就要去太巴塱國小嗎？」鬼問。

「那只是藉口，根本沒那回事。」

「說謊嗎？」

「沒辦法才這麼說的啊。」

「哪個說謊的人不是抱著這個理由？」

其朗看向後視鏡，鬼的形影依然不被照出。

「嵐先生的道德很嚴格，是受日本教育的關係吧。」

「你是平安中的學生，不也是受日本教育嗎？」

其朗不知怎麼回答，只好悶頭騎車，到了苦瓜田地，卻不見苦瓜阿公身影。他們在田邊等待。

其朗坐在機車上，鬼在苦瓜田裡來回走動。半小時後，鬼走到其朗面前。

「去爺爺家看看吧。說不定他生病了。」

苦瓜阿公曾經開過早餐店，歇業後沒有除去鐵捲門，現在深藍色斑駁的鐵捲門在晨光中顯得既明亮又深沉。其朗透過鐵門上的郵孔向內望，曾經是店面，現在充當客廳的空間堆了許多雜物，通向住處的門開著，但無法看清門內的走道。其朗繞到房屋旁的窄巷，從阿公臥室的窗口望進去，阿公躺在床上，蓋著薄薄的棉被，嘴巴微張。

七、回到最初的海灘　　201

「阿公！阿公！」其朗叫著。

「爺爺已經死了。」鬼在身後說。

「死了⋯⋯」其朗回頭看著鬼，「怎麼知道？」

「感覺得到。」

苦瓜阿公確實死了，可能是睡夢中心臟衰竭。那天上午苦瓜阿公的一對兒女分別從臺中和高雄返回馬太鞍，沒想到不是回來參加祭典，而是回來料理喪事。

其朗是第一個發現苦瓜阿公遺體的人，也是打電話報警的人，為此他還得去警局做筆錄。正午過後他踏出警局，沒有騎車，默默向東走去。烈陽下，深黑色的臺十一甲線柏油路面熱氣蒸騰，扭曲遠處景物。炎熱天氣對他這樣的球員來說不算什麼，但汗水不斷流下額頭，他不得不瞇起眼睛，視野因此變得狹窄，景物抖動更加厲害。

他沿著臺十一甲線向東走了一公里，走上馬太鞍橋，在最高點停下腳步，望著下方道路，胸口被一種奇怪的感受充滿。

好端端的一個人，竟然說走就走了。當然，苦瓜阿公年過八十，不能說太令人意外，但絕對是突兀的。他想起五年前父親過世的時候，他隱約也有這樣的感覺。父親病了兩年，他早被告知是癌症，不一定醫得好，但在小孩的世界裡，可能會死與真的死了，兩者之間還是有很大差距。大人告訴他父親已死的時候，他的第一個反應是錯愕，之後才是悲傷。

他想起昨天清晨，苦瓜阿公坐在電動機車上看他採苦瓜，有一搭沒一搭和他說話。

202　　蕉葉與樹的約定

叔叔阿姨明天就回來了啊？那真是太好了，好久沒見到他們呢。對了阿公，明天早上你要去祭典嗎？等叔叔阿姨回來再一起去，那，我還是先來採苦瓜喔⋯⋯

「很難受嗎？」

其朗轉頭望去，鬼站在人行步道邊緣，因為不是物質世界的一部分，絲毫不被熱氣扭曲。

「嵐先生，死亡是怎麼一回事呢？」

「我單純只是死了，並不因此了解死亡。」

「死的時候是怎樣的感受？」

「我不記得什麼感受。我只記得，我看到的最後一張臉。」

「就⋯⋯半次先生嗎？」

「嗯。」

鬼望向前方。現在他們所在的馬太鞍溪徒有寬闊的河床，盛夏時分卻幾乎無水。但他記憶中這條河卻是另一個模樣。以前這是一條大河，洶湧急流隔開相距不過兩公里的馬太鞍和太巴塱。十五歲他和蕉葉一起離開馬太鞍時，甚至不曾去過太巴塱。那時候兩個部落自成一格，沒有很多往來。

如今，別說太巴塱，就連他出身的馬太鞍也像異國一般。屋舍雜亂，人們說著聽不懂的話。他藉著山勢可以指出曾經的家屋所在，現在是一條馬路，沒有任何東西可資憑藉。他很難由衷以為這裡是家鄉，但谷地兩側的山脈，流動的雲朵與時間，又是那麼熟悉，是家的感覺。

「苦瓜爺爺的靈魂是不是在這附近呢？」其朗問。

「我感覺不到。」

「之前在春子奶奶那邊也是這樣嗎？」

「嗯。有親戚照顧喪事，她的靈魂應該早就散去了。」

其朗騎機車載著鬼四處遊蕩，就這樣混過祭典的第一天，晚上回家沒見到小薰。母親說，她從祭典回來，聽說苦瓜阿公過世，又騎著單車去苦瓜阿公家。入夜後她隨幾個其朗家的親戚同來，和眾人有說有笑，那些叔叔嬸嬸免不了過來拍拍其朗肩膀，說些「這女孩不錯」或「你很會交女朋友喔」之類的廢話，他只能假裝沒聽見，找藉口躲進屋內。

小薰在房間裡將手機充電，一邊看白天拍下的影片。

「你不要拍祭典比較好。」他從門邊經過，脫口而出。

「我之前問過，他們說我在那個區域的話就可以拍照攝影，沒關係的。」

「不是有關係沒關係的問題。我們的工作是幫忙Ran san，田調只是藉口。」

「可是我也很想學習你們的文化啊。」

「拍祭典也不會學到文化啦！你不要再拍了！」

他跑去沖了一個冷水澡，總算一掃白天悶氣，之後枕著手臂躺在床上，戴耳機聽日本公信榜的歌曲。十點左右院子裡的鄰居親友全部散去，小薰房間也熄了燈。他慢慢睡著了。

第二天早上起來，小薰的房間敞著門，裡面收拾得乾乾淨淨，連床單被套枕套都卸下，折

疊整齊放在床角。他走出屋外，鬼一如往常坐在樹椿上。

「薰ちゃん走了。」鬼說。

「嵐先生看著她走的嗎？她去哪？」

「離開馬太鞍。」

「搭火車嗎？現在五點都不到，沒車啊。」

「大概一個人坐在車站等待吧。」

其朗「嘖」了一聲，進屋拿來機車鑰匙，坐在機車上戴安全帽時，鬼踱步過來。

「你確定要去找她？其實這樣也好，不是嗎？」

「什麼也好？」

「雖然已經過了一百年，雖然世界好像變了非常多，但生蕃依舊是生蕃吧。你會感覺這麼厭煩，這麼困擾，不就因為你們的背景差太多了嗎？同窗歲月，偶然契合，並不足以彌補這差距。總之，強求不會有好下場。趁著你們只是普通朋友，反正你也沒有發展關係的打算，不如就這樣算了吧。」

「嵐先生在說什麼⋯⋯」其朗放下安全帽。

「還有，你不知道怎麼處理的話，就不要處理。沒辦法說友善的話，那就不要說話。」

「沒辦法說友善的話，就不要說話，這是鬼的經驗談吧。」其朗看著鬼走回樹椿坐下。屋簷下的黑狗起身走到樹椿邊蜷伏趴下，抬起眼皮看著鬼。

七、回到最初的海灘　　　　　　　　　　205

原來狗也能看到鬼了,其朗心想,這倒令人安心。狗能不懼怕而接近的,不可能是壞東西。

一人一鬼一狗在天色漸亮的院子裡發呆。其朗突然意識到,七月中回家以來的日常已然中斷。苦瓜阿公過世了,他不用每天趕早去幫忙。馬太鞍國小棒球隊的暑期練習已經結束,他打工也告一段落。下個禮拜他就要回京都,之後沒幾天就開學了。他這才驚覺一個多月來只顧著自己的事,根本沒幫上鬼的忙,等於做了空頭承諾。

「嵐先生,」他轉向鬼,「之前說過,要有人走過一趟嵐先生走過的路,嵐先生才能消失。這是我已經承諾要做的事,很抱歉一直疏忽了。好在還有一點時間,不如我們現在就開始吧?」

其朗建議從馬太鞍步行前往花蓮,實實在在踏過每一步。到了花蓮,他們要去鬼曾以苦力身分工作的海灘,去他曾經就讀的農業學校,他曾經打球的花崗山球場,希望抱著送別的意念走過這道路,鬼就能夠安心離去。

其實那些地方都不在了。那片海灘現在是一座濱海公園,往南是觀光夜市,農業補習學校現在是另一所學校,花崗山球場成為花崗山運動場的一部分。在鬼生活的年代,現在他們走著的縱谷公路也不是如此風貌。

沿著花東縱谷公路走的話,馬太鞍離花蓮不到五十公里,以公路的平整地形來說,其朗這樣的運動員七、八個小時就可以走到,但鬼不想走得太快。

「也許這就是我最後一次看到這片谷地了。」鬼說。

此刻太陽正烈，柏油路面熱氣蒸騰，北上車輛不時從他們身邊呼嘯而過，朝他們吹去更多熱風。

「走過故人生前的路，故人的靈魂散去之後，就什麼都沒有了嗎？」其朗問。

「不知道。我死掉之前也沒死過。」

他們走得很慢，午夜前後在路旁的小公園暫停休息。其朗躺在公園長椅閉目養神，不時聽到鬼喃喃自語。

「蕉葉在哪裡呢？真的沒辦法知道他的下落嗎？蕉葉到底在哪裡啊？」

鬼的聲音模糊，聽來更像人在嗚咽。

深夜人跡罕至的小公園裡，空氣逐漸變冷。明明躺在平坦的長椅上，卻像以稜角分明的海中岩石為床，睡不多久其朗就肌肉痠痛，意識總在半夢半醒之間，相干與不相干的念頭飄散腦海。

這奇異旅程即將抵達終點。他和鬼已經講好，造訪過海灘、學校和花崗山之後，就要將石頭送入大洋。

「那片海灘是一切的起點。若不是幻想一個比較好的生活而去那裡當苦力，也不會有後面的事。既然如此，你就把石頭留在海裡吧。」

「嵐先生真能順利消失嗎？」

七、回到最初的海灘　　207

「你誠心為我走一趟的話，應該可以吧。」

其朗從國中就離家在外，對於送別故人的傳統可謂全無概念，也不記得父親過世時有沒有人為父親走一趟生前的路。按照鬼的說法，男子年齡階層的成員會互相照顧，沒有參加階層可能死後落個孤鬼的下場，他自己就是這樣。

「下次放假回家，你還是加入年齡階層吧。」鬼這麼說。

「可是……」

「沒有可是。我十七歲的時候也以為人生很長，結果二十四歲就死了。說不定你比我更短命。趁著活的時候加入階層吧。」

受過日本教育的鬼講話不怎麼迂迴婉轉，經驗談簡短中肯。鬼若真的消失，以後就不會再聽到這樣坦誠的話了。

其朗睜開眼睛，四下一望，沒見到那半透明的鬼影。

「嵐先生？」他倏地坐起，「嵐先生在哪裡？」

「我在這裡。」

順著聲音望去，鬼坐在對面一株榕樹上，居高臨下看著公路旁這靜謐的小公園。

其朗起身走向榕樹，「為什麼坐在樹上？」

「看夜景。凌晨還是有不少車子。我只坐過一次轎車呢。」

「就是右京先生的車？」

「嗯。」

鬼引頸望向一段距離外的臺九線公路。其朗仰頭看著鬼。他想起之前鬼嚴厲批評他，「沒有耐心，也沒有鬥志，那你何必去日本打球？」在認識鬼之前，他從來不覺得自己沒耐心沒鬥志，甚至還頗有自信，現在卻漸漸感到心虛。

「嵐先生可能就要消失了，我有一些關於野球的問題，能不能現在問呢？」

「什麼問題？」鬼還看著遠方。

「嵐先生覺得我適合打野球嗎？」

鬼收回視線，低頭看他，好像在揣測他的想法，然後又轉頭望向公路。

「為什麼你會問我這個問題呢？你說從小學就打球、比賽，那你打球的時間跟我差不多，甚至比我還長，不是嗎？」

「因為⋯⋯我有點徬徨，關於在日本打球這件事。我想，如果我在日本打球，沒有打出成果，放棄野球的話，是不是很失敗呢？家裡希望我進日本職棒，但這真的很困難。我沒有那麼高的天分。」

鬼又低頭看他，「我也覺得你在野球方面並不特別聰明⋯⋯」

其朗不禁啞然，「嵐先生講話真直接。」

鬼並不理會，自顧自往下說，「但我認為你的問題不在於天賦。你的問題是決心和紀律不足。如果缺乏決心是因為根本不想打球，那還不如早點放棄。你若真心想打球，散漫心態是不

七、回到最初的海灘 209

「我每天都很認真練習。」

「你沒有。你只是表面做到而已。」

鬼跳下榕樹，逕自沿公路往北走去。其朗跟上鬼的腳步。往來車輛的遠光燈輕易穿透鬼魂，照進他眼睛，造成一兩秒鐘短暫失明。

其實我在野球方面也不怎麼聰明，鬼突然說，只是我有很強烈的動機要把球打好，雖然現在看來，我的選擇是愚蠢的，建立在對事實的錯誤認知上。你呢，你的野球資質一般，但要成為一流選手，這樣的天賦已經足夠。你欠缺的是決心。你真的想打球嗎？不管是為了滿足母親和其他人的期望，還是滿足你自己的期望，打球這件事本身，是不是你真心想做的呢？

什麼是好的野球選手？鬼繼續說，好的選手就是透過不斷的練習而穩定自己的水準，就像當年《大阪每日新聞》的山崎先生說的，重點不是爆發力，而是穩定性。球場上，你不可能始終處在巔峰，總有低潮的時候，低潮有多低，取決於你平日的練習。你應該追求穩固的基礎，而不是追求高峰，總想著要打多高多遠的全壘打。

如果你決定繼續打球，那知道這些應該很足夠了──就算不夠也沒辦法，我沒別的可以告訴你。但是，你真的想打球嗎？不用回答我，就這樣邊走邊想吧，安靜的好好想一想。

天亮後他們抵達花蓮市，走在其朗熟悉但鬼很陌生的街道。鬼無法從花岡山運動場認出一百年前的野球場，也無法從現在的中山路、五權街和明禮路辨認黑金通、入船通和新城通。

連美崙溪也因為各種建設看來像是另一條溪流。

一百年是很長的時間，但對鬼來說只是睡夢與清醒的一瞬之差。他們駐足美崙溪時，其朗在樹蔭下眺望鬼的背影，心裡這麼想著。不論喜歡的牽掛的怨恨的討厭的，認識的所有人都死了，世界已經徹底改變，一覺醒來發覺這一點，實在是很可怕的事。

鬼說，今晚想在海邊看月亮升起。

「等月亮攀高的時候，你把石頭遠遠扔進海裡吧。」

這日恰是農曆七夕，又是週六，天黑後許多人流連北濱公園，還有小孩點著仙女棒歡笑奔跑，花火四濺，好幾次在鬼的身形範圍內亮起來又暗下去。其朗跟著鬼穿過人群，走向深色的大海。

「這裡本來是沙灘，」鬼說，「非常廣闊的沙灘，很細的沙。」

「我從來沒在這裡見過沙。」其朗踢著腳下的小礫石。

「因為人為工程而改變了吧。」

鬼走入水中，看著海面上的半月。脫離燈光範圍後，月亮清晰多了。

其朗拿出腰包裡的石頭，在月光下審視上面的刻字。樹，平安回家吧。這一定是蕉葉刻的。但費力雕鑿石頭刻下這一行字以後，他去了哪裡？

鬼一直站在海潮邊緣。其朗在二十公尺外站了許久，然後在凹凸不平的礫石地面坐下，繼續看海，看海上的月亮，和被月光穿透的鬼魂。他逐漸恍惚起來。失去了時間感，我是不是也

七、回到最初的海灘　　　　　　　　　　　　　　　　　　　　　　　　　211

變成鬼了?

他靜靜等待鬼的指示,心裡不免感傷,甚至有些不捨。不久就要把石頭扔進海裡,然後呢?他會在我眼前消失嗎?我怎麼知道他只是一時消失,還是永遠消失?扔進海裡會不會太冒險了?萬一他沒有消失,石頭又被海捲走了,那怎麼辦?

離開馬太鞍後他就沒有碰過手機,現在把石頭放回腰包,才發覺手機上有好幾通未接來電,都是小薰打來的。最後一通就在不到十分鐘之前。正猶豫是否回電,電話又來了,關成靜音的手機螢幕上閃動「小薰」兩個字。這一通電話也斷了。又過了約一分鐘,小薰傳來訊息。

「花崗文史工作室有青山嵐和青山半次的資料。」

其朗大吃一驚,立刻打電話過去。

「你說有 Aoyama Hanji 的資料?」

他不經意提高了音量,鬼聽到「Aoyama Hanji」,立刻回過頭來。

「Ran san 的資料也有。他是流行性感冒併發肺炎死的。」

「Hanji san 呢?」

電話裡,小薰的聲音變得模糊。鬼往他這邊走來。鬼的背後,夜空晴朗無雲,半月倒映在波瀾微興的海面,是一片迷離光影。

其朗突然記起,鬼說過,蕉葉本來想取名叫做青山半月,因為他生在半月之夜。

八、東京歲月

築地落魄長屋

木窗將視野切分成一格一格。從這位置望出去，入冬後的小庭院平淡無奇，土地是淺灰色，陳舊的木欄杆之間雜草蔓生，只有幾株稀疏細竹青綠亮眼。竹子外，欄杆另一邊，大約一公里遠處就是築地本願寺。幾年前這座古老寺廟逃過關東大地震，卻毀於那之後不久的大火，現在正大興土木重建。很難從那大片工地上的活動看出重建計畫，不過秋天抵達東京，在此地安頓下來時，蕉葉聽住在隔壁的畫師談起，聽說本願寺聘請設計明治神宮的建築師伊東忠太，要將築地本願寺「重建」成印度風的寺廟。

「哈哈，印度風的淨土真宗禪寺……」名叫竹內的潦倒畫師手拿酒壺，瞇起眼睛，乾瘦的臉好像揪在一起的破布，「這些新時代的博士們，真是異想天開啊！」

這算是蕉葉在東京遇上的第一樁奇聞。

六月他順利通過考試，現在已經是東京法政大學法學部的學生，在暑氣餘熱未散的九月初來到東京，落腳在築地本願寺附近。本來透過右京幫忙，他可以在北邊法政大學所在的麴町找到住處，但他珍惜本願寺提供的獎學金，不想在租屋上多花錢，最後找到這個破落所在，距離

法政大學約有五公里步行距離。在此住下後他才醒悟，在京都的三年雖不富裕，但所見與往來的人都出身教養良好的家庭，他已經相當時間不曾置身貧困人群，現在才算重新開始認識日本的中下層市井生活。

九月初離開京都時，右京親自到車站送行。蕉葉的理解是，當初是右京出面聯絡，延攬他和樹到平安中，樹流感併發肺炎，也是右京幫忙找來醫生，無奈醫生束手無策，右京想必也很難受。再者，他和樹曾一窺右京的私人世界，儘管只有那一瞥，前後不過一小時，或許被右京當作某種默契與友誼吧。

「真的不考慮把嵐君葬在京都？這樣帶著骨灰不是很辛苦嗎？」他們在月臺邊告別時，右京又問了一次之前就問過的問題。

「嗯，至少現在，我希望他陪在我身邊。」

右京點點頭，「我明白。總之，祝青山君一切順利。」

火車鳴笛了，那響聲震動耳鼓。蕉葉提起腳邊的皮箱。

「右京先生，非常感謝這三年來的照顧。」

「右京先生，希望在東京一切順利。有機會回到京都，記得來找我。」

蕉葉跳上火車，就近找一個靠窗位置坐下。窗外，右京還站在月臺邊。火車就要啟動，蕉葉看著那張關懷的臉，突然一股衝動上湧。

「右京先生！」他將頭伸出窗外，「聽說右京先生年底要結婚了？願右京先生和大谷小姐

「婚後幸福快樂！」

在那吵雜紊亂的月臺邊，右京顯然清楚聽見他的話，露出非常驚訝的表情。

火車慢慢駛離京都車站。接下來是長達十二個小時的車程。他記得三年前和大家一起從東京搭火車到大阪，那時候樹就坐在他旁邊。現在陪著他的是樹的骨灰，裝在一個小罈子裡，用好幾層衣服包裹著收在皮箱。

他們不是親兄弟，但離開馬太鞍後，他們就像親兄弟一樣生活過來。樹急病身亡是他二十四年人生裡最大的打擊。事情發生得太突然，他毫無心理準備。還好右京出面張羅一切，聽說不打算給樹舉辦喪禮，也沒有責問或強迫。

「和你們的習俗有關，是嗎？」當時右京這麼問，他也就這麼承認。

失去了樹，他一度失眠得很嚴重，無法在那間寢室入睡，經常醒到天色將亮，才恍惚睡兩三個小時。如此痛苦時刻，其餘一切卻順利得不可思議。六月到東京考試，可以說得心應手。七月平安中在京津代表權之爭勝出，八月他以應屆畢業生的身分到西宮甲子園球場出賽，而且一路打到最後，拿下年度冠軍。

到甲子園比賽也讓他能和美佐子見面。她果然如之前所說的，找理由說服父母讓她去西宮看比賽。雖然比賽期間碰面聞話的時候不多，他很感謝能在這辛苦時刻見到她。樹的遺體火化之後，他費了極大力氣，才終於提筆在信中寫下「我的嵐哥哥急病過世了」這樣一句話。美佐子體諒他的心情，從不在信中追問，但顯然字斟句酌：「現在也好，未來的某個時刻也好，

八、東京歲月　　215

只要半次君願意將我當作安心談話的朋友，我會非常願意傾聽，不論是快樂或痛苦的所有話題。」

他在信中讀到這段話，頓時眼眶溼潤。那一刻他開始相信，不會有人比美佐子更適合他。

拿到甲子園冠軍隔日，平安中野球隊要搭火車返回京都，他在月臺邊向美佐子說出心中盤算已久的話。

「我喜歡你。」他說，「九月到了東京，希望能和你有個新的開始。」

美佐子微微低著頭，似乎有點害羞的樣子，再抬起頭來又顯得落落大方。

「為什麼要等到那時候？」她慧黠的笑了，「現在不好嗎？」

他不記得跳上火車之前怎麼回答她，總之她簡簡單單那一句話好像春天的第一道陽光，他因為失去兄弟而昏暗的世界霎時明亮起來。

「加油，半次君！」美佐子在月臺上不停向他揮手，「東京見！東京見！」

現在回想起來，他是在那一刻才發覺，他內心多麼渴望其他人眼中可能根本無關緊要的東西，例如真誠的眼神，認真的話語⋯⋯

「混帳！混帳！」隔壁房間突然吵鬧起來，有東西倒在榻榻米上，發出碰的聲音。

蕉葉拉開紙門向外望，隔壁竹內房間的門也拉開了，一個人踏著重重步伐出來。

「下次再敢敷衍我們，就沒這麼容易放過！」那人喝斥著跳下檐廊，穿上草屐走了。

竹內倒在榻榻米上，顯得很委靡，似乎剛才被人打了一頓，看到蕉葉過來探看，立刻哀嚎

蕉葉與樹的約定

起來。

「我好倒楣，被白白庵這樣欺凌啊！」

竹內慢吞吞爬起來，拿一條不怎麼乾淨的布巾擦臉，眼淚鼻涕糊了滿臉。

「白白庵是一家黑店。」竹內嗚咽著，「他們低價向我們這樣的無名畫師收購作品，用捏造的名字和身分高價賣出。我發覺他們的手法，私下去拜訪買家，他們發覺了，就來毆打我……」

「白白庵？」

竹內這兩個月，蕉葉總是見到竹內喝得半醉，還不曾見過他的畫，現在抬頭一看，牆上貼著幾幅可能出於想像的風景畫，顏色清新，筆觸明快，或許算不上大師佳作，卻也絕非庸才，至少也能謀得一個美術老師的工作才對，怎會這樣潦倒呢？

「竹內先生處境這樣艱困，一定有原因吧？」他好奇心起。

「這個……曾經有過把畫賣給良善店家的機會，是我自己懶散破壞了，從那以後，就只好和白白庵這樣的黑店往來了。」

蕉葉不禁好笑。眼前的竹內怎麼看也有四十歲了吧，卻哭得像小孩似的，所謂自己懶散破壞了機會，十之八九是飲酒誤事，搞砸機會後又變本加厲飲酒。

「竹內先生還是別喝酒了吧。再這樣喝下去，說不定連賣畫給白白庵的機會都搞砸呀。」

「是啊是啊，青山君說得是啊……」竹內還繼續用那髒布巾抹臉。

八、東京歲月　　　　　　　　　　　　　217

看著竹內的窩囊模樣，蕉葉想起上個週末，他和美佐子去上野公園，還邀現在就讀女子美術學校的陽子一起。當時陽子說，進了美術學校，才覺得與同儕相比實在能力不足，希望找私人教師仔細指導她。

「但學校附近的畫室太昂貴了，一個月要十五円呢。我最多只能負擔一個月八円。」陽子十分煩惱。

就繪畫品質來說，竹內先生似乎是個不錯人選，蕉葉暗忖，不知道他有無能力好好教學。他不想貿然提出建議，閒話幾句就離開了，但直到傍晚，他在房客共用的廚房煮味噌湯，心裡都還在盤算這件事。他知道樹過世對陽子是很大的打擊，也知道樹雖然始終無法放下莎莎，但面對陽子的心情已經有所轉變。如果不是這場急病奪去性命，現在樹應該也在東京，說不定就像他和美佐子一樣，和陽子有個新的開始。他總覺得為了樹的緣故，應該盡可能照顧陽子。本來他不知道自己能幫上什麼忙，現在看來，為陽子找個負擔得起的老師大概是可能的。

竹內只是無名畫家，一個月上四、五堂課，應該要不了八円，差額足夠陽子從美術學校所在的杉並搭電車到築地來。路途遙遠可能是唯一的缺點。

他煮好味噌湯端回房間，坐在窗邊喝湯，一眼瞥見陽子答謝樹的贈畫。他和樹穿著平安中制服，面帶微笑站在西本願寺唐門前。他突然有了想法，連忙放下味噌湯，從牆上取下畫作，跑去隔壁找竹內。

「唔？這是青山君吧？誰畫的呢？」竹內接過畫，頗覺稀奇的樣子。

「朋友畫的。」蕉葉回答,「想請教竹內先生,這幅畫整體而言如何呢?」

「畫得如何,那得看是誰畫的。」竹內揉揉鼻子,「我們看待大師與小孩不可能是同一個標準吧。若這是美術學生畫的,嗯,我想應該是美術學生畫的,怎麼說,畫得不錯啊,細節很漂亮,只是有點生硬,大概是經驗不足的關係。」

竹內桌上本來就鋪著畫紙筆和顏料,似乎遭人毆打過後力圖振作要畫畫,現在他拿著陽子的畫轉向桌面,提筆照著畫起來,筆觸簡單明瞭,讓蕉葉大感驚奇。沒多久,一幅畫作就完成了,前景是兩個學生,從臉面到衣著都沒有細節,但巧妙運用幾種色塊拼成形象,背後的唐門卻豐富多彩。

「這樣,」竹內把畫遞給蕉葉,「一模一樣的構圖,但手法有所區別,突顯出焦點。」

「焦點是⋯⋯後面這個門嗎?」

「是呀。」竹內高興的笑起來,「一般的畫表現人物,偶爾以背景為前景也不錯吧。」

是啊,蕉葉點點頭,這想法真別致,看來竹內先生是被酗酒的毛病給耽誤了,不然應該能在東京藝術圈混出一些名堂才是。

他捧著兩幅畫回到房間,在燈下將畫並排貼上牆面,然後坐在桌邊喝早已涼透的味噌湯。

他的目光不時掃向壁櫃,那裡除了棉被衣物,還收著他最貴重的東西——樹的骨灰。

他突然感覺有些鼻酸。昏黃燈光下,這六疊大的陳舊房間顯得好落魄,但他待過比這更糟的環境,這落魄感實在不來自屋子,而來自他孤單一人的事實。

八、東京歲月

蕉葉捧著冷湯發怔的時候，在北邊的目白台，日本女子大學附近一間清幽的女子宿舍，美佐子正在燈下寫信。今天她收到恭太來信，抱怨蕉葉始終沒有寫信回臺灣。

如果說，他們離開臺灣的時候，我年紀還小，不該插嘴，那麼，現在我十五歲了，或許可以就此事表達我的看法？我知道春子姊姊的事對嵐哥哥打擊很大，他到日本就不再來信，我可以理解，但為什麼連露哥哥也不來信？他平時不來信就算了，連嵐哥哥過世，他也一行字都沒有，讓我們大家都從本願寺那邊聽說，這對關心他們的人來說真的很難受。上次回花蓮港，我聽說春子姊姊生病，特地去梅野家探望，她看來真憔悴，卻沒有什麼具體的症候，想來是被心情壓垮了。我好同情春子姊姊，去年她的孩子患上肺炎夭折，之後又是嵐哥哥的死訊，換成我們誰是她，大概都無法承受。那之後我去港邊等待開往高雄的船班，突然難過得幾乎哭起來。他們都是我年幼時格外親近的人，怎麼會在幾年之間變成這樣？

美佐子理解恭太受傷的心情，但更關心痛失兄弟的蕉葉。雖然沒有詢問過，她相信蕉葉不寫信回臺灣，起初只是為了和樹一致，樹死後，則是因為他難以承受親筆寫下兄弟死訊的痛苦。她記得之前收到蕉葉的信，信紙上只有一行「我的嵐哥哥急病過世了」，連署名也沒有，那無字空白填滿悲痛，教人難以逼視。

「也許外表看起來他一切如常，事實上他比誰都傷心痛苦」，她將這意思寫入回信，勸說

恭太體諒，在燈下默默封緘，然後就坐在那裡望著窗外發呆。十一月下旬，東京已經降溫到十度以下，但比起關西地區還是和暖一些。現在窗玻璃已經結了一層薄霧，擦去水氣，可見明月當空，照亮夜間燈火稀疏的目白台。

數日後的週末，蕉葉依早先約定，在明治神宮的大鳥居下和兩個女孩碰面。他帶去兩幅畫，向陽子建議可能的繪畫老師。

「竹內先生有貪杯的毛病，但想法很新穎有趣，技法似乎也很不錯。那，這是陽子ちゃん畫的，可以說是〈唐門前的學生二人〉吧。這是竹內先生的臨摹，我擅自為他取名為〈學生二人後的唐門〉，應當還算貼切。」

陽子看到竹內的畫，頓時眼睛一亮，說要立刻搭車去築地拜訪這位畫家。三人就這樣去到蕉葉住處。

雖說天氣很冷了，竹內卻光腳坐在簷廊喝酒，手邊扔著素描本和鉛筆。

「竹內先生！」蕉葉走上前來，「大白天又喝酒呀！」

「咦？」竹內看著他背後兩個女孩，「青山君⋯⋯不是心性端正的大學生嗎？怎麼一次帶兩個女孩回來呀？」

「別胡說八道了。有人來拜訪竹內先生呢。這位是風間陽子小姐，特別來向竹內先生學習繪畫。」

「我嗎？我能當老師嗎？」竹內驚訝得差點沒拿住酒盅。

八、東京歲月

「竹內先生和陽子ちゃん談談呀。」蕉葉笑著。

陽子拿出竹內那幅〈學生二人後的唐門〉，自我介紹說明來意，十分鐘內就談妥一切。竹內第一次當老師，只要求一個月五円的報酬，直到下午蕉葉送兩個女孩去搭車，陽子還笑得合不攏嘴。

「真的非常感謝半次君喲。我已經迫不及待要上課了。」

美佐子和陽子一起踏上電車，回頭和蕉葉交換會心的微笑。她知道蕉葉很高興同時幫上朋友與鄰居的忙，她也為此感到非常高興。不過，她還記掛著那天稍早，等待蕉葉到明治神宮與她們會合時，陽子的一番話。

「美佐子ちゃん，打算以後和半次君結婚嗎？」

美佐子被這問題嚇了一跳，「陽子ちゃん為什麼……」

陽子低下頭，「雖然我沒有主動提過，畢業後大家一起到東京，說不定以後和嵐君……總之根本想像不到最後會是這樣。所以我很羨慕美佐子ちゃん現在能和半次君走在一起。你們很適合彼此，大學畢業後結婚的話，真是再理想不過。」

美佐子從來沒和樹說過話，只在當年高砂的比賽場上見過他的身手。但從蕉葉和恭太信中讀到的一切看來，樹個性直率，情感真摯，難怪陽子喜歡他。也許是陽子第一次喜歡的人吧。就像蕉葉是她第一個明確感覺喜歡的人。

蕉葉與樹的約定

「健二大概是對的吧。」陽子突然說，「他總說我通靈。每次他這麼說，我都認為是無聊的玩笑。但是，嵐君過世以後，我一直想著那一天，就是健二用球砸他那一天，我畫的時候，他讀一本《新思潮》雜誌，似乎對芥川龍之介的文章很感興趣。」

「芥川龍之介？」

「嗯，美佐子ちゃん知道的吧，大作家夏目漱石提拔的那個天才。那天嵐君很入神讀他的文章。我記得芥川在昭和二年就死了，自殺死的，因此心裡隱約有些不安，想提醒嵐君，但又覺得這想法太奇怪。我們讀的書，十之八九都是已故之人所寫，不是嗎？於是我就沒有說話，專心的畫畫。沒有多久，健二就莽撞的用球砸傷嵐君。」

「這⋯⋯陽子ちゃん不至於因此自責的吧？這和嵐君的病沒有關係的。」

「也許吧。但那巧合——如果是巧合的話——實在困擾著我。說不定我真的通靈。說不定當時我應該提醒嵐君的，雖然也不知道能提醒他什麼。」

陽子總是帶著素描本出門，現在她將素描本抱在胸前，仰望巨大的鳥居，和那之上蕭索的冬日天空。美佐子無言看著這景象。松與杉的森林展開在參道兩旁，凍結在空氣的冷泊，寒凍而蒼翠。

再回過頭來，蕉葉正從參道遠端向她們跑來。他圍著她織的圍巾，口中呼出白白霧氣，邊跑邊向她們揮手。從大阪天王寺公園梅林初見，她就喜歡他溫和的笑容，但因為陽子悲傷的話，就連那笑容也好似沾染她當下的迷惑。

八、東京歲月　　　　　223

大學畢業後結婚？會順利嗎，我和半次君？

好友時太郎

自從有了學生，每個月有五円的固定收入，竹內果然振作起來，飲酒有分寸，也不再和白庵這樣的破舊長屋往來，一段時間後果然找到新的買家。到了昭和四年初夏，不時有人找到築地的破舊長屋來，尋訪一位「饒富新意的畫家竹內老師」。

夏至前兩日，一個悶熱的週日下午，蕉葉紙門半開，就著偶過涼風在屋內讀書，不時聽見隔壁傳來竹內和陽子的交談聲。陽子正在練習水彩，恰好也是竹內擅長，指點得格外仔細。

「何不試試看大筆呢？」

「大筆？不會把旁邊染壞了嗎？」

「當然需要技巧。不正在練習嗎？」

「啊，老師說得也是呢。」

「抱歉打擾了，請問竹內先生在嗎？」一個聲音從簷廊下傳來。

「竹內先生，我是田時太郎？」竹內似乎對那突來訪客感到困惑。

「竹內先生，我是田時太郎，聽說竹內先生有別出心裁的畫作，特地來拜訪。」

田時太郎？蕉葉起身出去一看，簷廊下站著一個年輕人，頭髮梳理得很漂亮，儘管天氣燠

熱，還是穿著正式的三件式西裝。

「田君！」他脫口叫喚，「你怎麼在這裡？」

「欸？半次君住在這裡嗎？」

「是啊。」蕉葉一笑，「你這樣的富家公子怎麼跑到這裡來？」

「原來你真的對美術感興趣，不是開玩笑？」

「我聽說竹內先生有別出心裁的畫作，特地來拜訪。」

「當然不是開玩笑……」時太郎瞥見竹內房中坐著一個妙齡少女，不由得一怔。

「那是陽子。」蕉葉解釋，「我們在京都就認識了，聽說她找繪畫老師，就介紹給竹內先生。陽子ちゃん每週都會來上課。」

「原來如此。」時太郎向陽子點頭示意，「很抱歉打擾上課。」

「沒關係，老師招呼客人吧，我先畫再說。」陽子一如往常的善體人意。

時太郎脫鞋上了檐廊，走進竹內房間，陽子帶著畫具退出來，乾脆就在廊上作畫。她將水彩紙釘上畫板，面對眼前的落魄院子思索構圖。

「田君是我在法學部的同學。」蕉葉在陽子身旁坐下，「他出身名門，家裡在實業界很有聲望……我就直說吧，他是達特汽車田社長的長子。」

「達特汽車？」陽子有點吃驚，「這一兩年推出很多汽車的那家會社？」

「是呀。他父親的名字和前臺灣總督田健治郎男爵一模一樣，因此我們就聊起來了。」

八、東京歲月　　225

「我還以為那類企業家的公子會學習工科什麼的。」

「田君有點叛逆呢。他說真正的興趣是藝術，進入法學部已經算是與家裡妥協了。他平時確實喜歡談論藝術，沒想到尋畫竟尋到這裡來。」

「聽來是很有趣的人哪。」陽子回頭望去，時太郎正仔細端詳竹內拿出的畫作。

那天時太郎看中竹內一幅港區寫生，立刻就說他有車，可以等陽子上完課，「順道」載陽子回去杉並。他聽說陽子就讀女子美術學校，住在學校宿舍，以令竹內瞠目的十円慷慨買下。蕉葉知道時太郎家在四谷，離杉並有六、七公里，但裝作什麼也不知道，在旁微笑看著。

那天之後，時太郎經常加入蕉葉與兩個女孩的週末聚會。雖是富家公子，他並沒有驕奢習氣，個性討人喜歡，蕉葉很高興有他作伴同行，兩個女孩對他的印象也很好。他很爽快，不掩飾對陽子的好感，經常帶著昂貴的外國畫冊來和陽子分享，還不只一次邀請他們去歌舞伎座看表演。他總是說，經營歌舞伎座的松竹會社社長與他父親是好朋友，經常贈票，但父親忙於工作，將票都給他了。蕉葉本來對歌舞伎毫無認識，但在那個夏天結束之前，因為時太郎頻繁邀請，也逐漸開始欣賞這種舞臺藝術，甚至能和時太郎討論歌舞伎役者種種。

「高麗屋的松本金太郎十分俊美，是不是很適合女形呢？」

「俊美歸俊美，眼神可很有霸氣，恐怕更適合演弁慶吧。」

「弁慶？《勸進帳》可是成田屋御家藝啊。」

「只要市川宗家收他為養子，問題不就解決了嗎？」

「田君和他們都有往來吧?所以知道這些內幕。」

「沒有的事,說說個人猜測罷了。」

時太郎加入他們的這個時候,形成一個奇特的四人組合。當然,比起另外三人,蕉葉經歷過許多波折,但昭和四年的這個時候,他正努力構築新的人生。他訂下畢業後成為律師的目標,想在取得律師資格後正式向美佐子求婚,預想把婚期訂在他完成訓練、開始執業的時候。他全心投入這個目標,雖然築地的長屋破落,雖然為了省錢而步行上課,每天要走十多公里路,寒冬時節比較辛苦,他依舊覺得東京的日子有如天堂,第一次感覺人生確確實實的屬於自己。

時太郎很快就看出蕉葉和美佐子抱有心照不宣的默契,正穩定朝向一個共同的未來前進,好幾次以半開玩笑的方式表達「恭喜」或是「好傢伙,運氣真好」之類的意思。此外他也向蕉葉打聽陽子的背景,得知她有個青梅竹馬的可能對象,倒不怎麼放在心上。

「你對陽子ちゃん一直沒有表示,不擔心她接受別人嗎?」

「是指她在京都那個對象?雖說青梅竹馬是很大的優勢,我總以為這敵不過志趣相投。」

「你真是對什麼都充滿信心啊。」

「這與信心無關。若是陽子ちゃん喜歡別人,我不管說什麼做什麼都無濟於事。她若是喜歡我,別人也無可奈何吧。」

「我認為陽子ちゃん很喜歡你啊。」

「你自己確立了婚姻,就來鼓吹別人嗎?」

八、東京歲月

「別胡說了。」

在東京的前三年是蕉葉有生以來最愉快的日子。他和時太郎出身迥異，卻意外結成好友，總是一起上課，一起出遊，也經常討論時政。有一天時太郎帶著《東京日日新聞》來找他，頗為興奮的說，報上刊載國會通過花蓮港築港案，撥款七百五十萬円給臺灣總督府。

「據說這計畫擱置許久，現在終於要開始築港了！半次君來自花蓮港吧？」

「要開始築港了呀。」蕉葉接過報紙。

當苦力的時候，他一度對花蓮築港工程感興趣，因為那將他的注意力導向無盡勞動之外更廣大的事物，現在卻不大想知道花蓮港的新聞，因為不願想起太多令他難受的人與事。

「你好像不想知道？」時太郎注意到他的神色。

「以前在那裡當過苦力呢。」蕉葉一笑，「田君想不到吧？」

「苦力？」

「那時候，我和我哥哥，還有我們蕃社的其他人，受一家會社招募，到花蓮港當艀船苦力。真是辛苦啊。不過也是那段時間被看中而組織了野球隊。若是沒打野球，今天我就不會在這裡。」

「啊，半次君不介意的話，請多說一些吧。我想知道。」時太郎拿回報紙，看了兩眼，順手扔在一邊。那是昭和五年暮春初夏時分，他們坐在法學部圖書館外，面對林木扶疏的校園。

「說那些做什麼呢？」

「日後要當律師的話，我也該了解各種各樣的人生吧？」

蕉葉忍不住大笑起來，「放心吧！苦力不會需要律師的！」

「為什麼？」

「因為不論對苦力和生蕃做什麼，大家都不覺得違法呀！」

時太郎本來興味盎然的臉頓時黯淡下來。

「那麼糟糕嗎，日本人在臺灣島上做的事？」

蕉葉不置可否，時太郎卻拉著他霍地站起，往校門方向走去。

「田君做什麼呀！」

「走走走，我們去你住處，今天好好聊聊！」

那天時太郎開著車，先在銀座的洋酒店買了一瓶格蘭菲迪，然後到築地他的住處，兩人從下午就開始飲酒。那是蕉葉第一次喝蘇格蘭威士忌，在此之前他甚至沒聽說過格蘭菲迪這品牌。或許是烈酒使然，或許因為時太郎的關心，他開口談起花蓮港的苦力生活，以及被政商界當作工具，開始打野球的始末。

「為了在日本打開花蓮港的知名度，大費周章訓練一批生蕃來打野球，讓日本人感到驚訝。這想法是不是很別致呢？當年我們的消息還真的登上《東京日日新聞》呢。」

他說得很輕鬆，時太郎卻聽得很不舒服，等到月出時分，已經喝掉半瓶格蘭菲迪。

「喂，時太郎，不能這樣喝酒啊。喝醉了還能開車嗎？」

八、東京歲月　　229

「當然不行啊,今晚就睡在這裡了。」時太郎背靠窗戶,正面對著拉開一半的紙門,簷廊下,風吹竹子的亂影散漫一地。他往旁邊倒在榻榻米上。

「我只有一套被褥,你不嫌棄的話,就給你用吧。」蕉葉說。

「不要。這麼溫暖的天氣用什麼被褥。」

「鬧什麼脾氣呢?」

「才沒有鬧脾氣。」時太郎側身看他,「我只是覺得可恥,讓你們吃那麼多苦頭。」

蕉葉聳肩,「第一,不是你讓我吃苦頭。第二,到處都有吃苦頭的人,不是只有生蕃。」

「到處都有吃苦頭的人,這沒錯,但身分不是吃苦頭的理由吧。」

蕉葉從壁櫃拿出枕頭,扔到時太郎臉上。

「喝醉酒了,睡吧。」

「但是,很感謝你吃下那些苦頭,不然我們也當不了朋友。」

沒過多久,時太郎就抱著枕頭睡著了。那之後他們沒再談過這個話題。

隔年秋天,蕉葉和時太郎邁入大學生活的最後一年,除了修習課業,也開始準備畢業後的司法考試,美佐子在女子大學研習英國文學,希望畢業後找到翻譯工作,陽子期望日後成為小學校的美術老師。忙碌生活乍看平靜,入冬後,蕉葉卻注意到時太郎經常心不在焉,有一天他臉色特別糟糕,前夜不曾闔眼似的,蕉葉關心問起,時太郎不禁嘆了一口長氣。

「家父對我的前途有意見⋯⋯不僅前途,對我的婚姻也有意見。他堅持我應該和鮎川家

的小姐結婚，就是福岡縣戶畑鑄物社長鮎川先生的女兒。今年戶畑鑄物買下達特汽車大半股份，現在達特是戶畑鑄物的子公司。家父說，鮎川社長打算繼續收購其他公司，要打造一個日產汽車王國……他說，若我和鮎川家的小姐結婚，他就准許我當律師，不然現在就要我自立門戶。」

關於家中問題，時太郎只談起過那麼一次，彷彿只是一時失言。

大家都很忙碌，四人聚會不像以前那樣頻繁，但只要有聚會，時太郎都準時出現。陽子曾問他為何有點憔悴，他總說家中有人生病，自己多少也受影響，實在並不要緊，多謝關心。

十二月中那個下午，天氣很冷，蕉葉和時太郎踏出圖書館，拉緊大衣和圍巾，頂著冷風往校門走去。今天校園裡有活動，是學生組織與軍部共同舉辦的講座，時太郎好奇停步，側頭端詳那海報。貼著軍部招募人才的廣告，周遭圍著一些熱心學生。

加入大日本帝國陸軍、國防的榮譽召喚

招募電訊工程技術人員、醫療人員、戰略分析人員、軍事法務人員

詳情請至本部招募辦公室：麴町區櫻田門一丁目三番地

「還招募軍事法務人員呢。」時太郎回頭對蕉葉一笑，「不知道他們缺不缺律師。」

「你很有信心能考上律師嗎？」

八、東京歲月

231

「你應該比我有把握。」

「我可沒有那種信心。」

他們說笑著穿過人群，突然有人走上前來。

「這位是田社長的公子嗎？」

叫住時太郎的是個四十多歲、衣著體面的男人，時太郎呆了片刻，但很快就認出對方。

「是藤井先生，怎麼到法政大學來了？」

「我來訪問法學部的蘆田教授……啊，我差點忘了，田先生就是法學部的學生吧？」

「是啊。藤井先生現在正要去訪問嗎？」

「還沒呢。本來約好在學校訪問，但剛才蘆田老師的助理說，老師臨時有事，不如改到晚間，在料亭用餐時再談。」

「蘆田老師太忙了，真是不容易啊。」

蕉葉轉頭望向別處。那群參加軍部活動的人群正熱絡交談，似乎等待一場露天演講。真有熱情啊，他心想，在這之前都不知道法政大學的學生這麼關心國防。

突然一個聲音鑽入耳朵。

「哎，這位是ロッオ君嗎？臺灣來的生蕃野球選手？」

蕉葉回過頭來。現在他認出面前這個人，就是當年高砂初到日本，曾受邀在精養軒一起用餐的東京電臺記者藤井。當時他是報導體育活動的記者，不知什麼時候轉向法政新聞了。

「藤井先生好。」他回答，「好久不見了。」

「他入京都平安中以後就用青山平次這名字。」時太郎看見蕉葉臉色微變，馬上插話進來。

「啊，原來如此。」藤井點頭，「但為何會和田先生在一起呢？」

「我們是同學，法學部的同學。」又是時太郎搶先回答。

藤井對這說明感到驚訝，「ロッオ君⋯⋯不，青山君，現在是法政大學法學部的學生？」

「不僅如此，他快要畢業了──我們會一起畢業的。」

藤井還要說話，不過時太郎勾住蕉葉手臂，對藤井投以抱歉的微笑。

「我們還要討論明年的司法考試，先告辭了。祝藤井先生和蘆田老師訪談順利。」說完他就拉著蕉葉走了，直到跨出校門才放開蕉葉手臂。

「你不會在意藤井先生無禮的言語吧？」

「怎麼會呢？他說的是事實啊。」

蕉葉這麼回答，兩人間頓時陷入暫時性的沉默。

「如果我沒記錯的話，」片刻後時太郎說，「今上天皇還是皇太子的時候，曾經訪問臺灣，那時他就說不可使用生蕃一詞。按照天皇陛下的說法，青山君是臺灣的高砂族。我的理解沒錯吧？」

「嗯。田君說的也是事實。」

八、東京歲月　　233

時太郎停下腳步，看著冬日晴空下駛過街頭的電車，以及街道對面熱鬧的商鋪與書店。那臉色十分鄭重，蕉葉不禁有些後悔自己言語太過尖銳，而且尖銳錯了對象。他想講幾句岔題的話，不過時太郎比他先開口。

「要論事實的話，事實的範圍很廣泛。比方說，青山君是聰明優秀的人才，這也是事實——這沒什麼好謙退的，不聰明優秀的人不會在法政大學讀書。我們假設事實的重量都相同的話，那就只剩下我們個人意願了。或許你可以更在意這一點，少在意那一點。其實，我非常羨慕你擁有的一切呢。」

那之後他們互道再見，蕉葉像往常一樣，獨自走五、六公里路返回築地。下午四點左右，天色逐漸黑去，壯麗的皇居石牆轉而深沉，和高聳的黑松構成奇怪的暗影，壓向行人頭頂。他在昏黑中穿過日比谷公園，走過銀座的熱鬧巷弄，經過據說會被重建成印度風的本願寺，踏進他住的長屋院落。在檐廊脫鞋時，長屋遠端有人愉快的飲酒唱歌，歌聲隨著冷風夜色斷續傳來。

人生苦短，女孩戀愛吧

在朱唇褪色之前，在熱血冷卻之前

明日之日都不存在

人生苦短，女孩戀愛吧

趁黑髮尚未褪色，趁熱情尚未熄滅

因為今日不會重來

那是冬至前夕格外淒清的夜晚。之後一連許多日子，時太郎沒來上課，也沒去圖書館。他曾說新年過後要請大家去看歌舞伎表演，但直到一月將盡，開始飄雪的時候，還是不見他的身影。

蕉葉在一個極其寒凍的日子得知時太郎的情況。

他在法政大學法學部圖書館前被兩個西服筆挺的男人攔下，說「田社長」想和他見面。於是他坐上一輛私人轎車，來到四谷的一幢豪宅，在一間漂亮的會客室裡見到時太郎的父親，與前臺灣總督田健治郎同名的達特汽車社長。對方大概五十多歲，頭髮梳得服服貼貼，神態衣著各方面都顯得嚴肅，比他記憶中曾在花蓮港海灘上見過的總督還嚴肅。

這一路上他試著猜想田社長找他有什麼事。也許時太郎和家裡起了衝突，父子口角當中提起他的名字，因此社長將事情責備在「損友」身上。又或許田社長希望他以朋友的身分來勸說時太郎。他設想幾種可能，但真正從田社長口中聽到原因時，卻沒能在第一時間明瞭那言語的意思。

「青山先生是犬子時太郎最好的朋友，是嗎？」田社長問。

「如果我有這個榮幸的話。」

田社長點點頭，「那麼，我想告知——時太郎死了。」

「什麼？」

「我說，時太郎死了。他服用過量安眠藥自殺了。」

田社長遞來一封時太郎的親筆信，信中寫著身為大企業公子的痛苦。他喜歡藝術和戲劇，但父親認為給他錢去買畫看戲就足夠了，他必須將心思放在商業，或者至少法學上。本來他已經認命，努力研讀自己沒有多少興趣的法律，並且認真準備考試，但父親最後的一道命令摧毀他繼續的信心。

「在竹內先生的畫室裡，我遇到一個與我同年的美術學生。那女孩像陽光般照亮我空洞的人生。我羨慕她可以追求自己的夢想，我卻必須屈服於父親的安排。最讓我絕望的是，父親要以鮎川家的小姐替代我的陽光。我想，我已經耗盡力氣了，就不要再去試探自己的極限。我好羨慕青山半次君，我在法政大學交到的最好的朋友。當然他的人生有許多不幸和負擔，但至少他可以決定自己的方向，不像我幾乎沒有選擇。

「他整封信裡唯一完整提到的名字就是你了。既然是他最好的朋友，我想還是應該告知，但希望你能夠保密。」

「保密？」蕉葉抬起目光。

「嗯。外人無需知道時太郎為何過世。」

「社長的意思是⋯⋯？」

不過田社長無意和他多話，很快收回時太郎的信，起身離開會客室，他也只能告辭出來。載他來的那輛車又載他回麴町。他在法政大學門口下車，竟然恍如隔世。他一早就到學校，本來打算整天在圖書館讀書，現在心緒差到極點，不假思索就向南往築地方向走去。

寒風削刮臉面，帶來刺痛與麻痺感。皇居外的半藏濠是深沉如墨的綠色。街道與行人都帶著一抹灰。如此景色他已經看了大半個冬天，現在卻感到陌生。他麻木不仁的走著，眼前不時浮現田社長嚴肅的臉。他知道那冷淡無禮的面孔只是表象，大概不維持著那樣的姿態，就無法面對外人吧。田社長這樣驕傲的人，竟不顧家醜外揚，允許他閱讀時太郎的遺書，自然是出於彌補的心情，雖說從時太郎嚥下大量安眠藥的那一刻起，已經沒有任何東西可以彌補斷送的人生。

他恍惚停步，抬頭一看，原來不知不覺間已經走到歌舞伎座。現在正上演《義經千本櫻》，華麗海報吸引過往行人目光。

他看歌舞伎表演從來沒有花過錢，每次都是時太郎請客，現在他走上前去，花三十錢買了三等席的站位，開演才知道今天演的是二段目的〈伏見稻荷〉。義經被長兄源賴朝逐出京都，與家臣在伏見稻荷神社鳥居前稍事休息，義經的愛妾靜御前追來，堅持要跟著義經，否則就要自殺在鳥居前。身負重任的義經必須離開，無奈將靜御前綁縛在鳥居上。狐狸變身的可靠家臣

八、東京歲月

佐藤忠信趕來，從鎌倉追兵手中救下靜御前。三等席居高臨下，蕉葉俯瞰華麗舞臺上鮮紅的鳥居，和鳥居前來來去去眾多出場人物。觀眾喝采的時候，他的視線模糊了。沒人注意他在喧譁中流著無聲的眼淚。沒人看見他攥緊拳頭，重重敲在身後牆面。

時太郎，大笨蛋！你才二十二歲，為什麼做這樣愚蠢的事？你不是沒有選擇。在自己的意願和家人期待之間不能兩全的話，為什麼不鼓起勇氣離家自立門戶？也許乍然少了父親資助會很辛苦，但辛苦不過一兩年，你離律師資格只有一步之遙，就這麼一步，為什麼不跨過去？

那是他最後一次踏進歌舞伎座，最後一次看《義經千本櫻》，連誰演義經、誰演弁慶都不知道。

浪花城碎戀

往事宛如塵煙，在這個回望的時間點上清晰起來。那一天，月光照亮深夜無人走動的新城通，他彷彿走在水銀鋪設的道路，一個虛幻的場景。米崙溪畔，山下家的女兒送給他一個花蓮港神社求來的御守，上面打著紅色綏帶結。那情景飄忽沒有重量，卻深刻印在腦海。

十年過去，他從一個不滿十九歲的農業補校學生，變成東京法政大學畢業生，即將開始執業的律師，但事實證明他所處情境沒有改變。

兩年前，美佐子畢業後沒能在東京找到工作，為了節省開支，先搬回大阪父母家，他們又

回到兩地通信的日子。上個月美佐子來信，說已經向父母稟明在東京的交友狀況，父母都同意和他見面，於是他排開其他事務，到大阪來向桐生家提親。

桐生家就在天王寺公園附近。蕉葉本以為，中學校長的住家不可能寒酸，但也不會太氣派，沒想到竟是一幢擁有偌大花園的和風住宅。他在約定時分上門，管家領他進入一間寬闊的和室，一側紙門拉開，外面是掛著風鈴的簷廊，庭院裡，茉莉灌叢長得很高，六月的日光下，白色花朵極其亮眼，空中飄散淡淡甜香。

不久後桐生夫婦出現在門邊，美佐子站在父母身後，和服色彩清淡，亮麗長髮綰在腦後，頭上簪著新鮮的茉莉花，一如十年前他們初見模樣，只是面容與姿態都比那時成熟多了。他們交換一個微笑，然後隨桐生夫婦在榻榻米上坐定。管家給每個人送來一個小托盤，是冰涼的玉露茶與和菓子。

桐生校長不到六十歲，和藹與威嚴兼具。他引領話題，說起自己的身世。原來桐生本是殷實商家，校長身為長子，對商業毫無興趣，於是和兩個弟弟商量，家業全數由弟弟繼承，他分來這幢大宅。他說文教工作比商業安穩，但蕉葉能從那大段獨白聽出他對自己出身頗自豪。

之後桐生校長問起蕉葉的背景，從出身哪裡，少時如何，怎麼來到日本，一直問到完成司法訓練，即將開始執業的現在，蕉葉都誠實以告。

「我早都說過了，但父親想親口問你。」美佐子偶爾插這麼一句話，帶著歡快情緒輕聲埋怨父親。

「這麼說來，青山先生真是非常優秀。」桐生校長說。

「不過我們對美佐子的婚姻另有安排。」

「謝謝⋯⋯。」

這話實在太過突兀，與先前的愉快交談全然連不起來，讓蕉葉頗感錯愕。

「父親！」美佐子大吃一驚，「為什麼突然改口？」

「先前我和你母親並沒有答應這樁婚事，哪有改口可言？我們邀請青山先生過來，因為想要當面談談。」

桐生太太幾乎沒有開口說話，現在垂下眼睫，原本禮貌的微笑化為七分漠然，三分不耐，好像這聚會毫無意義，根本不該開始，持續這麼久實在已經夠了。蕉葉想起十年前在京都那一面之緣，就是眼前這個女人拾起他遺落的勝尾寺御守，還回頭對美佐子說，這個年輕人很漂亮。

「沒想到你竟被日本人當作吳服屋的少爺。」當時樹這樣開他玩笑。

「為什麼記得這些？蕉葉看著面前的玉露茶和菓子。談話至今，他一滴茶水都沒沾。

原來，他們不是想透過交談來判斷我是否配得上美佐子。他們特地找我來大阪，是想當面教訓我、羞辱我，想讓我認清──生蕃沒有資格談論他家女兒的婚事。

他感到錯愕，但並不生氣。因為這種態度於他而言並不陌生。

「校長先生的意思是，這件事沒有餘地？那麼，校長特別找我來大阪，要和我談什麼

他抬起頭，平靜看著桐生校長。旁邊的美佐子似乎還沒從震驚中回神。

「我們想知道，之前青山先生和美佐子同在東京那幾年，兩人相處的大概狀況。」

「父親！」美佐子聽懂言外之意，臉上露出罕見的怒色，站起身來。

「美佐子ちゃん，」蕉葉抬起頭，略微擺手示意她冷靜，「請讓我回答這個問題。」

他轉向桐生校長。在那一瞬之間，他突然想起站在野球場上的感覺。寬闊的球場，無垠的藍天，投手丘前方，站在打擊區的那個人躍躍欲試。他直視那人。場上喧囂從耳中褪去，他在手套下扣穩了球。

「校長先生，大正十四年，我初次來日本比賽的時候，就見過令嬡了。我受吉田恭太君請託，將一些信件和照片轉交給令嬡。說起來，我和令嬡認識已有十年，我一直當她是極為重要的朋友，後來在東京讀書，我們經常見面，我始終以適合令嬡身分的方式對待她。」

「什麼意思？」桐生校長被他看得有點不自在，聽了這樣的話又皺起眉頭，「什麼方式？」

「就是令嬡作為學問之家的淑女應該獲得的尊重。」

他刻意強調「學問之家」，當然是諷刺桐生校長的意思。說完這樣的話，他微微一笑，雙手搭著膝頭，向桐生夫婦恭謹俯身，然後戴上帽子，起身走了。美佐子大吃一驚，連忙追出去。

八・東京歲月　　241

「美佐子，送客送到玄關就好了。」桐生校長的聲音從房內傳來，聽來異常冷酷。

蕉葉一直走到大門口，穿上皮鞋，這才望向美佐子。

「我想，你不能違抗父親吧?」

美佐子看著他。那是他第一次在她臉上見到這麼倔強的表情。

「半次君，我跟你回東京。」她壓低了聲音，「五點有一班東海道本線火車。我一定設法溜出去。請買好票在月臺等我。我們回東京⋯⋯我們回東京結婚。」

「美佐子ちゃん?」他簡直不敢相信自己耳朵。

「你不是已經向我求婚，我也答應了嗎?」美佐子拉他的手，「難道你反悔了?」

「沒有⋯⋯」

「那就快走吧。不要讓我父親起疑。記得，買好票在月臺等我。」

他離開桐生家，搭電車到梅田，照美佐子說的，在大阪火車站買了兩張前往東京的車票。

然而他在月臺邊等到五點，沒見到美佐子身影。

火車快要開了，許多人在車門邊話別，還有人提著行李匆忙奔來。他一手提著行李，一手捏著車票，眼睛盯著車門，耳中聽見汽笛聲響，始終猶豫不決，直到火車緩緩啟動，才匆忙跳上那道薄鐵階梯。他緊握門邊把手，探身回望。

美佐子⋯⋯改變心意了?還是沒能溜出家門?

月臺是兩道灰色平行線，向後方慢慢撤退，愈退愈快，愈退愈遠。

他找到一個靠窗座位，放下行李，看著手中的兩張車票。其實，火車啟動的時候，他心頭有一股衝動，想放棄買好的車票，就在相約的月臺繼續等待。如果美佐子沒有改變心意，只是暫時無法離家，那麼他總能在這裡等到她吧。

但是，如果她改變心意，等待又有什麼用。

他在最後一刻跳上火車，因為他害怕實情是他不想面對的那一個。

他把車票塞進西裝口袋，整個人向後靠，仰起頭，摘下帽子蓋在臉上，閉上眼睛。

心底有個聲音冷然浮現。

這就是你投手丘上的表現？不敢求勝，乾脆下場，一走了之？

別傻了，他在心底回答，真正重要的是出身。桐生校長眼中，不是規則嚴明的球場。這裡面沒有勝負，也沒有技巧可言，司法部發給的律師執照也改變不了這一點。

那又如何？美佐子的心意才是重點，不是嗎？在桐生家的玄關，她是怎麼看你的？那不是你一直以來認識的，溫和堅定的美佐子？她不會變卦的，你卻背棄約定，走掉了。

囉唆！閉嘴！他在心裡呵斥自己。

「查驗車票。」

他睜開眼睛，移開帽子，從西裝內袋拿出一張車票。

「到東京？」車掌咯嚓剪票。

他的眼睛看著車掌手中那張車票,「不,到京都。」

大阪到京都只有一小時車程,下車的時候,六月的天空還很明亮。離日落還有一小時。他提著簡單的行李,沿鴨川步行向北,眼睛所見都是熟悉景色。青綠的河堤草地與樹蔭。輕鬆談笑的行人。他走下河堤,在水邊看了許久,俯身拾起一塊巴掌大的石頭。脫離清淺河水後,石頭呈現淡淡的灰色,好像口渴的模樣。

那天晚上,在西本願寺附近的小旅店,一間四疊大的宿屋裡,他就著天花板垂下、不甚明亮的燈泡,用旅店主人借給他的工具,仔細敲鑿那塊石頭。

這次離開東京,他也帶著樹的骨灰,因為築地那一帶不很平靜,不時有人闖空門,他怕盜賊誤以為罈裡有什麼貴重物品,會以蠻力撬開或打破。現在樹的骨灰就在桌上陪伴他。

「哥哥,我有新的計畫,請你搬家到這塊石頭。暫且在這塊石頭上睡著吧。有一天我會來接你,我們再一起回家。」

他一直忙到午夜過後才鋪床熄燈,抱著石頭躺倒,骨灰罈就在他枕邊。

明天他要去拜訪右京。安排好樹的一切,他就可以安心回去東京了。

※

昭和六年冬天,得知時太郎死訊後,蕉葉始終猶豫,不知該不該告訴陽子。不過這消息最後還是傳開了,但田家無所表示,也不曾舉行公開的葬禮,一切更像捕風捉影的流言蜚語。

244

蕉葉與樹的約定

陽子受了極大打擊,因為在時太郎消失之前,她就抱著無名的憂慮,只是她不斷告訴自己,通靈不通靈只是瞎說,時太郎不過忙著別的事情罷了。現在她相信是自己的苟且心態斷送了時太郎,連續哭了許多天,蕉葉更是不敢說出時太郎遺書內容。

「是不是該勸她回京都一段時間?」他問美佐子。

「回去沒人可以說話,可能還更難受。至少我們在東京可以陪她。」

「嗯。原本我還不解,田君真的那麼喜歡陽子ちゃん的話,為什麼始終不說呢。現在看到陽子ちゃん這樣,真是慶幸他什麼也沒說。若是說了,還不知道會發生什麼事。」

陽子因悲傷逐漸消瘦,初春乍暖還寒時候染上肺炎,蕉葉一度以為她就要步上樹的後塵。學校宿舍將情況通知陽子家人,幾天後,中村健二趕到東京,代替風間家來接陽子回京都調養。蕉葉和美佐子到車站送行,沒向健二提起時太郎。火車緩緩開動,他們能從窗口望見陽子。她戴一頂柔軟的白呢帽,帽簷如波浪起伏,蒼白臉龐淹沒波浪之下,挨著健二的深色西裝,好像無助倚靠一塊堅硬岩石。

健二向他們揮手。蕉葉的目光落在那隻手上。在平安中的時候,他曾經仔細審視那隻手,模仿那隻手的扣球方式。

關節球。去路飄忽不定。

不是和人生很像嗎?

然後他又想起,樹生前熱心讀著芥川龍之介的文章,陽子認為那是不祥之兆,為自己沒有

八、東京歲月　　245

出言提醒自責萬分。現在看來，若真有通靈這回事，芥川作為一種暗示，恐怕與樹無關，而與時太郎有關。芥川苦於自己的天才，時太郎受富裕之家桎梏，兩人都年紀輕輕就服用安眠藥自殺。

關於人生的一切都只能事後印證。這樣，還有什麼通靈、什麼預感可言？

時太郎自殺、陽子休學離開東京，畫家竹內極受影響。他一下子失去最大的畫作買家和唯一的長期學生，收入頓減，本來他考慮搬去環境較好的地方，現在務實起見，也打消這念頭。那之後他又和蕉葉當了兩年多鄰居，直到昭和九年夏天。他以為，蕉葉即將正式執業，有了律師的良好收入，搬離這長屋是必然的了，結果卻出人意料。

蕉葉回到東京，很快處理掉房間裡的衣物用品，然後將一個紙盒交託給竹內。

「青山君要加入軍隊？」竹內大吃一驚，「為什麼好端端的要從軍？當律師不是很好嗎？花了這麼多時間努力得來的呀！」

「律師事業已經沒有意義了。」蕉葉回答。

他沒有多說什麼，當天就向房東退租，很快離開長屋。竹內坐在簷廊上看那背影。穿著正式的西裝和皮鞋，戴著帽子，手提一個簡便皮箱，走出院子，消失在左近屋舍後方。

「看來……在大阪受挫了吧。」竹內搖頭，「不是很好的一對嗎？」

他打開受託的盒子，裡面是陽子畫的〈唐門前的學生二人〉，還有美佐子織給蕉葉的深綠色圍巾，和一張折起的信紙。

美佐子

你看到這封信的話，表示你到東京來找我了。請原諒我沒有留下來等你。在大阪，你的話讓我很感動，但仔細想想，私奔不是好方法，你和父母決裂，你我的快樂也無法長久。或許你會埋怨我，為什麼不多努力一點，為什麼不多做一些事情，取得你父母的諒解，但是，從十五歲離家，到現在三十歲，我總是從一個目標奔波到下一個目標，每一步每一步都很辛苦，但不論多麼辛苦達到目標，往往還是不能獲得肯定，我一天比一天更不確定自己的道路。加入軍隊的話，這一切就容易多了，至少目標很明確，所得與所失也很明確。

選擇一個門當戶對、合適的人結婚吧。祝你幸福。請把這當作給我的禮物，好好過下去。

半次

果然是這麼回事，竹內自語，但是，做為告別信，這言詞似乎不夠溫暖。或許青山君認為，不要流露太多感情，桐生小姐比較容易死心吧。希望桐生小姐不要追來，不然作為旁觀者也覺得非常遺憾啊。

那天竹內早早開始飲酒，因為眼前場面實在令人太不愉快。過去六年來，和這四個年輕人相處不但愉快，還獲得許多好處，現在他們都走了，自己年近半百，往後生活是不是也會隨之變糟呢？為這黯淡前景多飲一杯，應該也不為過吧。

蕉葉離開時天氣晴朗，隔天更是豔陽高照，第三天突然下起傾盆大雨，暑氣全消，天黑之後雨也停了，烏雲散去，一輪滿月緩緩攀升。竹內和前兩天一樣，從下午就開始飲酒，月出時分已經臉頰發熱，微微有些頭暈。他帶著空酒盅進到屋內，正要拉上紙門，欄杆外走進來一人，他不禁失聲叫出來。

「桐生小姐！」

美佐子衣著樸素，手提一個小皮箱，走向檐廊。

「竹內先生，半次君……不在嗎？」

那天是昭和九年夏至過後第一個圓月。夜風吹過，滿院竹影搖曳下，美佐子接過那個紙盒，讀完信箋，然後翻開圍巾。夾在圍巾當中有兩個御守，一個是白色錦緞，織有「花蓮港」字樣，頂端打著紅色綏帶結，另一個是紫色錦緞，上有銀色「勝」字。

美佐子捧著紙盒，在檐廊下動也不動站了許久。月光變得強烈，落魄庭院彷彿乍然鋪上水銀，亮得失真，令人難以逼視。

默然坐在一旁的竹內瞇起雙眼。這景象簡直就是一幅高明畫作，若非氣氛低迷悲傷，竟有幾分歌川廣重《蒲原夜之雪》的意味。

九、最後的消息

右京的第三通電報

昭和二十年夏天,京都熱極了。八月初,白日溫度經常攀高到三十五度,鴨川流水反映日光,晃動炫目。往日光鮮人群不再,如今樸素是所有人共同的顏色。處處可見衣衫弊舊的人奔波街頭,排隊購買配給品。截至目前為止,京都並未遭到直接轟炸,但空襲警報不時響起,所有人都得拋下一切趕著躲防空洞。焦慮籠罩整座古都。

在西本願寺,右京正在辦公室裡收拾物品。

一直有這樣的風聲,說京都即將遭到轟炸,他的妻子非常恐懼,要求全家離開京都,躲避到他的出身地廣島。他知道廣島就和東京、大阪、名古屋、神戶等工業城市一樣遭到美軍轟炸,並非避難之處,但他確實急於前往廣島,因為他的母親獨居在老家,戰況如此吃緊的現在,他要往偏遠鄉間避難,非先回去接母親不可。

既是避難,行裝就得簡單。他已經整理好一個輕便皮箱交給妻子,現在到辦公室來拿重要物品。他打開保險箱,取出幾把鑰匙,桌上的電話響了,他馬上接起來。

「右京先生?我是《京都新聞》的山信。之前一直打聽不到的消息,現在知道了,透過機

密管道獲得軍部證實的。」

「是……關於加賀號航空母艦嗎?」

「是的。加賀號航空母艦在昭和十七年六月的中途島海戰遭到美軍伏擊而沉沒了。」

「那艦上人員……?」

「艦長以下全部陣亡」,總共八百十一人。」

右京默默掛了電話。

五年前,他在京都巧遇蕉葉,兩人有過短暫談話。蕉葉並未提及過去六年的軍旅生活,只說接到新命令,即將前往長崎佐世保海軍基地,「並不清楚任務內容,可能要登上航空母艦吧。」

那是昭和十五年深秋,壯闊的銀杏滿樹金黃,是寒涼天空下少見的溫暖色調。蕉葉著深色西服,看起來更像律師,全身上下並無軍人氣息。他站在御影堂西南角,就在他腳邊不遠處,厚實的木欄杆下,一塊巴掌大淺灰色的石頭巧妙藏身於建築陰影,和周遭地面同一顏色,不蹲下仔細端詳就很難發現。

「因為要出海了,特地來探望這塊石頭嗎?」當時右京問他。

「嗯。海上戰鬥總是比較危險。」

「我如約保留著嵐君的骨灰,收在保險箱裡。半次君要看望嗎?」

「不用了。我相信他的靈魂不在骨灰裡,在這塊石頭上。」

「究竟如何知道？為什麼有這樣的確信呢？」右京感到不可思議。

「因為我向他提出這樣的要求。」

「半次君什麼時候回來呢？」

「戰爭的結局，誰也不能知道吧。如果我始終沒有回來，就請右京先生按照約定處理骨灰，但無論如何請不要動這塊石頭。」

「石頭上到底刻著什麼？是咒語嗎？」

「是祈願。キラン、サガアイアタルマ——樹，平安回家吧。」

「他的名字是樹。那你呢？」

「我的名字是蕉葉。」

他們交談只十幾分鐘，蕉葉就離開了——就像之前六年一樣，自此音訊全無。右京設法打聽當時哪艘航空母艦停靠佐世保海軍基地，得到「加賀號」的答案。他無從得知加賀號去了哪裡，直到三年前在《京都新聞》讀到中途島海戰的報導。戰時新聞檢查的關係，報導十分含糊，只提到日美在中途島海面激戰，日方船艦如航空母艦加賀號、赤城號受創，依舊英勇戰鬥云云。

之後一段時間，右京動用關係，打聽中途島海戰後加賀號的動向，但消息封鎖嚴密，各方說法不一且相互矛盾，聽來都不可靠——直到剛才山信來電。此人在新聞界信譽良好，他說透過機密管道獲得軍部證實，那麼這消息應該不假，更何況，「艦長以下全部陣亡」，總共

九、最後的消息　　　　　　　　　　　　　　　　251

「八百十一人」這樣精細的數字,也不像造假。

所以,蕉葉早已隨加賀號葬身海底。

右京不知道當初蕉葉與樹有什麼約定,只知道蕉葉不會回來了,他自己也前程未卜,現在他要按照蕉葉最初的請託,將樹的骨灰散在御影堂外,那刻字的石頭上。

為了不引人注意,他像從事什麼儀式一般,慢慢完成這作業。纖細的白色骨灰很快被風吹起,像千萬個迅速奔跑的小人,跑著跑著凌空而去,遁入明亮天空不復能見。

他出面延攬的兩名高砂野球選手,一個散入晴空,一個沉入深海,他卻還能看見當年,小旅店內,坐在教練李阿貴身後的那群年輕人。樹和蕉葉是他們當中最年輕的,才二十一歲,眼神卻最穩定。樹的眼睛特別亮,看著那樣的眼睛,好像從高處俯瞰深潭,無從分辨顏色,只能看見微微晃動的反照水光。蕉葉的眼睛沒有令人驚豔的光亮,但出奇深邃,好像能從那瞳仁望進霧氣迷漫的叢林,探查叢林裡種種細微動靜。

帶妻小離開京都之前,右京去了一趟電報局,拍發電報給臺灣花蓮港廳花蓮港市黑金通株式會社朝日組的李阿貴先生,簡短告知青山半次已於昭和十七年戰死太平洋上的消息。這是他第三次拍電報到臺灣。第一次為了挖角樹和蕉葉到平安中,徵求朝日組社長梅野清太的同意,那是大正十四年七月。第二次拍電報給李阿貴是昭和三年春天,通知樹急病身故的噩耗。此刻回顧起來,他不能不對自己當初的善意感到迷惑。

古都自外於紛擾灰沉的世間,盛夏景物清麗依舊。由電報局前往車站途中,右京望見牆頭

纏繞攀爬的朝顏花，花形簡約，色彩清淡，彷彿日光下的幻境，美得令人屏息。那一刻他恍然領悟与謝蕪村的名句。

「朝顏花開，一輪猶是淵之色⋯⋯原來是這個意思。人生本是水光浮世的一瞥罷了。」

在花蓮港永別

蕉葉的死訊傳到花蓮港的這個夏天，莎莎已經在梅野大宅度過二十三年歲月。少女時代月亮般的圓臉和春風笑容消失在時間裡，現在她更像一朵石竹花，成熟豔麗，神情與舉手投足之間，總帶有一絲沉沉感。

通知她這不幸消息的是梅野清太。他從李阿貴口中聽聞此事，親自回家轉告。莎莎聽完噩耗，沉默了很長時間。這麼多年沒有消息，她早在心裡設想過千百遍，蕉葉大概是死了，從軍之後，死在某個混亂的戰場。但她怎樣也想像不到，那地點竟然是遙遠的深海。與其說因為傷痛而沉默，不如說是太過震驚，暫時性失去了言語。等到終於回過神來，她還是無法表達心中感受，只說，可能的話，希望向這位捎信來的右京先生表達謝意。

「好，我打電話到西本願寺。」梅野說。他和莎莎一同坐在屋前簷廊上，看著日光下略顯貧瘠的草坡。如今他六十五歲，鬢髮斑白了，此外倒不怎麼顯老。

不過稍晚他打這通電話，卻聽說右京已啟程返回廣島，據說要接母親往鄉間避難，大概短

九、最後的消息　　253

期內不會回到京都。

數天後，他們聽聞美國在廣島投下一種未知的炸彈，夷平了整座城市。莎莎想知道那位右京先生的下落，但梅野無心為此打電話去京都。雖是軍人出身，實業家的身分讓他對時局更為敏感，眾人還深信大日本帝國不可能戰敗的時候，他已經開始盤算未來。

「如果有一天，我必須返回日本，你要隨我一起走嗎？」梅野在一個悶熱的夜晚提出這個問題。

「你在長崎還有妻子。」莎莎提醒他，「我怎能隨你去日本呢？」

「只是名義上如此。」

「但那名義就讓我在日本無立足之地了。」

「若撇開那一點不論呢？」

莎莎突然想起，許多年前，梅野問過她類似的話。那時高砂野球隊到西部去打友誼賽，他趁夜而來，不說明來意，坐在她房外沉默望月，離去時突兀問起，若他去旅行，就算不是工作，她也跟隨照料嗎？當時她回答不出來，他也一笑置之，過了二十年，她好像突然有了答案。

「我想回家。」她抬頭望著梅野，看見他臉上浮現詫異神色。

「我⋯⋯我要回家。」她突然口唇顫抖，聲音也啞了，「我兩個哥哥都死了。我要回馬太鞍，等他們回家。」

梅野已有二十年沒聽她提起「兩個哥哥」，呆了片刻才聽懂她指的是樹和蕉葉，「可是他們已經死了，怎麼回家？」

莎莎記得當年高砂野球隊返回花蓮港，她從山的口中聽說樹和蕉葉在京都旅店內的承諾。他們會為彼此走回家的路。雖然蕉葉沉入深海，樹的心不知流落何方，但她相信他們兩人不會拋棄諾言。蕉葉性格堅定異乎常人，就算死於遙遠的大洋，也一定會找到回家的路。

「總之他們會回來。我要回馬太鞍等他們。」她堅持。

房間角落那盞微弱的煤油燈無法真的照亮她的臉，卻也不曾模糊她的神色。梅野看著她，然後將視線轉向敞開的紙門外。入夜後，花蓮港街市燈火全無，以迴避美軍轟炸，現在簷廊下的庭院也是一片黑沉。

就和二十年前一樣，那天晚上的談話無疾而終，但兩人心裡都明白，他們共同的路已經走到盡頭。

他們在那年年底告別彼此。梅野在飄著小雨的清晨搭上前往基隆的船班，將從基隆乘船返回日本。帝國戰敗投降後，他和其他日本人一樣，只能帶走極為有限的財物，二十多年來他在花蓮港的一切作為，都因為戰爭而化為烏有。莎莎到港口送行，看著梅野登船，短暫消失在人群中，又出現在船舷，向她搖手，動作之微小，似乎怯於表達。

梅野先生……她看著那黑衣黑帽的身影，視線逐漸模糊了。

這就是她跟隨了二十多年，曾經和他有過孩子的男人。現在他要隨這艘大船遠去，自她的

九、最後的消息　　255

生命徹底消失。事實上他已經無家可回。長崎受了重創的消息傳來時，多年來他首次試圖聯絡長崎的妻子，然而長崎的對外溝通是一片死寂。如今他沒有妻子了，但就算她願意同去日本，當局的政策也不允許。

「春⋯⋯子⋯⋯」

似乎有這樣的叫聲破空而來。她連忙抹去眼淚，再望向船上的梅野。他摘下黑氈帽，靠在臉頰邊，對著她大喊。

「春子⋯⋯回家吧⋯⋯」

叫喊像海面波濤，沉浮不定。她扔下手中行李，雙手捂著臉哭起來。

有時候，或者該說很多時候，人往往不能了解隱藏在情緒之下，自己內心真正的感受。就像現在，她不很清楚這眼淚所為何來。她沒能和期望中的人結婚，偏偏和不能結婚的人一起生活了二十多年，結果前者死去了，後者正在離去。到目前為止的人生曾被多次突兀折斷，她卻不能不對往日時光懷抱愛惜甚至依戀。畢竟除了失望與傷痛、恐懼和妥協，她不認識別的自己。

梅野的叫聲慢慢被海風細雨收去。

溫熱的眼淚流過指間，順著手腕的弧度流向手肘，流連在肌膚邊緣。

眼淚也如時光一去不返。從今往後，春子這個人不復存在了吧。

十、大洋上的半月

清晨第一班往花蓮的火車正加速向北，鐵道兩側的檳榔樹都向南方微微傾斜。略顯模糊的動態成像迅即被另一幅動態成像取代，有如波浪彼此推擠覆蓋，層層疊加成一個連續的視野。明明是寧靜的清晨谷地，這景致卻顯得倉促違和。

那違和感來自於視野主人的情緒。

小薰是這車廂裡唯一的乘客。

馬太鞍很快從窗景褪去，火車進入長長的隧道。車廂內沒有開燈，因此這黑暗益加鮮明，呼應她的氣惱和委屈。她真心想要幫忙其朗，在馬太鞍的每一天都不畏溽暑，到處訪問族人，希望能問出關於樹和蕉葉的往事，完全沒想到自己熱心學習當地文化，竟會招來其朗的怒氣。

不過，兩公里後火車重見天日，她突然想起父親的叮嚀。

「那是其朗的家，他生活的地方，你要有分寸，不管什麼事情，沒有人家明白允許，千萬不要去做。」

她剛到馬太鞍，打電話回家報平安時，父親這麼說。

其朗也曾經是父親的學生，因此父親很關心他吧，當時她這麼認為，順口答應了，其實沒有真的放在心上。現在回想起來，她專注於每個觀察和交談的機會，算不算父親說的，沒有獲

得明白允許，就擅自去做？

她每天晚上都會整理當日筆記，現在她翻開筆記本，逐日讀去。早餐店的越南老闆娘說，其朗是好孩子，背負大家的期望去日本打球，壓力很大的。周教練說，其朗資質不錯，他願意的話，可以成為優秀的球員，只是他好像什麼地方還沒開竅，不太清楚自己在做什麼。苦瓜阿公說，其朗很小就到外面去唸書，母語能聽但不太會講，不過日語已經講得很好了。隔壁的阿姨說，其朗媽媽真的很辛苦，還好其朗很爭氣，很會打球⋯⋯。

她翻完筆記本，火車也到花蓮了。她走電扶梯下到站前廣場，站在高聳華麗的樹形棚架蔭影下。清晨六點，城市還很安靜，天空像水洗過，比馬太鞍清淡。

她只是氣惱難堪，但不真的生其朗的氣，離開馬太鞍主要因為感覺自己不受歡迎，沒有道理再待下去。現在回頭想想，她承認自己確實越界了，畢竟其朗找她是為了幫鬼的忙，不是為了讓她做自己感興趣的田調。雖然田調部分無以為繼，她依舊關心鬼的狀況。再過幾天其朗就要回日本了，鬼已經想起過去，其朗應該會為他走完剩下的路吧。

「所以，Ran san就要消失了啊。」她看著天空發呆。

但是，名叫蕉葉或是青山半次的那個人呢？他為什麼沒有信守承諾？

之前待在馬太鞍，好像整個人埋在一個情境裡，視野裡只有馬太鞍，除了馬太鞍什麼也看不到，現在脫離了那地域，她感覺眼前煥然一新。

一百年前，花蓮曾經有一支名為「高砂」的棒球隊，全部由花東縱谷的阿美族人組成，還

到日本去打友誼賽，這樣的事情，花蓮本地的文史工作者說不定知道。她不認識任何文史工作室，只能向圖書館求助，但今天是週六，現在連七點都不到，離圖書館開門還有將近兩小時，看來只能先去便利商店之類的地方混了。

她離開車站，步行前往圖書館，在離圖書館最近的便利商店吃御飯糰和綠茶的早餐。她買下架上一本乏人問津的《花蓮瘋物誌》雙月刊，打算藉此消磨兩個小時，沒想到順手一翻，一個標題躍入眼簾，讓她大吃一驚。

高砂：第一支踏上甲子園的臺灣球隊

這篇文章的作者是「花崗文史工作室」，篇幅四頁，附有一張黑白老照片，是當年高砂棒球隊前往日本參加友誼賽之前的合影。十五個身著白衣白鞋戴白帽的球員，因為影像解析度極差而面貌模糊，她卻立刻認出其中一人——身材高大，容貌略顯剛硬，雙眼看著鏡頭，下巴微微揚起，有一種睥睨四方的氣概。

這就是鬼身為人的時候留下的影像。

鬼旁邊那個人和鬼身材相似，但給人的感覺截然不同，可以看出是一張漂亮的臉，帶著溫和的微笑。這個人必然就是鬼口中的蕉葉，後來叫做青山半次的那個人。除了他，整張照片別無他人符合鬼對蕉葉外貌的描述。

十、大洋上的半月　　259

這篇文章的主題是花蓮棒球的發展與傳承。高砂是臺灣本土棒球的先鋒，在漢人教練李阿貴指導下創造出色成績，只可惜一九二五年日本友誼賽過後，青山嵐、青山半次兩兄弟被京都平安中學挖角，高砂失去主力投手和最強打擊，不久便告解散。此外文章也簡略說明青山兄弟在日本的後續發展。

圖書館開門後，她查閱其他期號的《花蓮瘋物誌》，沒再找到與高砂棒球隊有關的文章，回頭再讀那篇文章，發現文末有「花崗文史工作室李柏良」的電話。九點過後她打通電話，說自己是本地高中生，想請教關於高砂棒球隊的事，對方欣然同意她造訪，和藹的給了地址。地點離舊火車站不遠，順著那條路直行就會抵達海濱公園。

她走上日本時代稱為黑金通的寬廣道路，頂著太陽走了約兩公里，來到一間老舊公寓。一名七十多歲頭髮稀疏的長者開門迎接她，看她滿頭熱汗，趕快打開電風扇，還從冰箱拿出清爽的青草茶。

這場景很像某種色澤深沉的懷舊電影。老舊的拼木地板，過時的沙發茶几。牆面書架被雜亂的書與文件佔滿。塑膠泛黃的電扇吹去悶熱，吹動茶几上的雜物紙張，發出嗒嗒輕響。整個客廳只有電視顯得新穎。大玻璃杯裝的青草茶微微冒著冷氣。小薰有一種和阿公對話的錯覺。

「花崗文史工作室只是筆名。」李柏良說，「為了寫這篇文章隨便取的名字。《瘋物誌》的編輯說沒有關係，用本名就好，但我恐怕沒有文史工作的名義，別人不大相信。」

「您怎麼知道高砂棒球隊的事呢？」

「其實我不清楚高砂棒球隊。了解的人是我祖父，就是高砂的教練李阿貴。」

「您是李阿貴的孫子？」小薰大吃一驚，「那應該從令祖父那裡聽說許多事情吧？」

李柏良搖頭，「什麼也沒聽說。我一九五四年生，祖父就是那一年過世的。」

「那令尊……？」

「他從來沒說過什麼。但是，他過世以後，我發現他保留著不少過去的東西。」

老人從紊亂的書架拿來一個厚厚的檔案夾，裡面整齊收存著日文書信，多半是同一個人寫來，筆跡細緻工整，抬頭是「恭太君」，署名「美佐子」。

「這個美佐子就是恭太住在大阪的表姊，送御守給蕉葉的桐生美佐子？」

「恭太？小薰眼睛一亮。熱愛野球，幾乎每天去花崗山球場看高砂練習的小學生吉田恭太？」

「這位收信人吉田恭太老師——他的父親也是老師——是我父親的老師。戰後他們必須回日本，因為不方便，書信都沒帶走，就交給我祖父了，後來在我父親手上。」

「這裡面寫了很多高砂球員的事嗎？」

「主要關於兩名球員，就是我在文章裡提到的，青山嵐和青山半次兩兄弟。當初我讀這些信，花了一點時間才搞懂他們名字的變化。吉田習慣把青山嵐叫做『キラン君』和『ロッオ君』，青山半次叫做『露兄ちゃん』，美佐子習慣叫他們『嵐兄ちゃん』和『半次君』。昭和三年青山嵐過世以後，有一段時間他們信裡頻繁提起這兩兄弟。我在其中一封信讀到青山嵐死於流感併發肺炎。」

十、大洋上的半月　　　　261

「那半次呢？」

「昭和九年，半次提親被桐生家拒絕，之後他從軍去了，美佐子不再有他的消息。但是……」李柏良翻到檔案最末，「這裡有一通昭和二十年的電報，就是日本戰敗那一年。派發電報的是京都電報局，發報人是右京雅生，拍到花蓮港廳電報局，收信人是我祖父。電報裡說明青山半次的下落。」

不用李柏良翻譯，小薰能透過漢字理解電文大意。總之，青山半次死於海戰。

「這個『加賀空母』，我查了一下，是在中途島之役沉沒。大概十年前有學者找到加賀號殘骸，聽說沉船地點有四、五千公尺深。」

小薰呆了片刻，目光移向拍報人的名字。

這就是鬼提過的，一直以來很照顧他們兄弟的右京先生。原來他不僅為急病的樹延醫治療，還打聽到蕉葉的下落，特地拍電報通知李阿貴，也算為他延攬的選手非常盡心了。

她在正午前告別李柏良。其實她對那一大疊書信很感興趣，但現在不是做田調的時候。其朗應該會在回日本前走完鬼生前的路，鬼大概會就此消失、永遠消失吧。但她想趕在這之前去告訴鬼——蕉葉沒有背棄承諾，他是履行不了。

一整個下午她設法聯絡其朗，但其朗始終沒接電話。天黑之後她再度嘗試，已經著急得快哭出來。

「大笨蛋！笨蛋其朗！豬頭！接電話啊！」

她坐在北濱公園一個比較少人的角落，看著又一通電話無人接聽，心中幾乎升起怒火，這是離開馬太鞍後她首次有這樣的感覺。然後她猛然想起，怎麼忘記可以傳訊息？

通上話才知道，原來他們距離彼此只有數百公尺。兩人一鬼會合後，小薰給鬼看李柏良家拍下的信件照片，又請其朗說明加賀號沉沒在中途島海域。

「這是日本本州，這是中途島，距離大概是四千公里。」其朗讓鬼看手機上的地圖，「這裡水很深，聽說是四、五千公尺。」

鬼默默看著兩人手機上的影像，通知蕉葉死訊的電報，顯示蕉葉死亡地點的地圖，然後轉身走向黑暗的海面。鬼的背影非常悲傷。想來不是因為得知兄弟死訊——過了一百年，蕉葉一定早就死了——而是因為他死在一個難以企及的深冷遠方。

「Ran san 好像很難過。」小薰說。

「換了是誰都會難過吧。」

「接下來怎麼辦？」

「他要我把石頭丟進海裡。因為這裡是一切開始的地方。」

「萬一丟進海裡，Ran san 又沒有消失，那不就糟了嗎？」

「對啊，我也想到這一點。可能請他再考慮一下……」

「Kilang，」鬼轉身走來，「請帶我回京都。」

「什麼？」其朗大吃一驚，「回京都？」

十、大洋上的半月　　263

「是,請帶我回京都,把石頭放回原來的地方。」

「為什麼?」

「因為Looh會去那裡找我。」鬼指著半月照亮的深色海面,「四千公里很遠吧,尤其在大洋上。他只是還沒回到日本。到了日本,他一定會去西本願寺找我。他答應過要為我走回家的路。」然後立刻補充:「我對他也有同樣的承諾。」

其朗看著一臉堅決的鬼,「回京都⋯⋯當然沒問題,但是,嵐先生要等到什麼時候呢?」

「什麼時候都無所謂。時間對我來說沒有意義。」

「可是嵐先生已經回到家了。」

「我和他一起離家的,也要和他一起回家。」

其朗深吸一口氣,點點頭,「既然嵐先生這麼說,我們就這麼做吧。」

兩人一鬼穿過北濱公園喧鬧的人群,步行前往花蓮火車站。小薰在車站和他們說再見。她完全不提先前的齟齬,其朗也沒提,但為了查出蕉葉下落向她道謝好幾次。

「一開始找你幫忙真是找對人了。真的謝謝你。」他說。

「很高興幫上Ran san的忙,希望之後也一切順利。」

她目送一人一鬼消失在電扶梯頂端。至於學習文化什麼的,還是再說吧。

開往馬太鞍的夜車上,鬼問其朗對未來的打算。

「我決定了,回去京都好好打球。」其朗回答,「我還有很多事情沒想清楚,但至少我

264

蕉葉與樹的約定

知道一件事：我喜歡野球，我想繼續打野球。既然嵐先生要回京都，以後能不能多給我一些指教？也許嵐先生打球的時間不是太長，但毅力和耐力方面可以教我很多。」

「你很喜歡被幽靈跟著嗎？」鬼以奇怪眼神看他。

「嵐先生……說不定就是我呢？有沒有這個可能？母親說，我是以嵐先生命名的。」

「沒聽說過這樣的事。」

他們下車時已近子夜。晚夏半月照亮馬太鞍細瘦的檳榔樹，狹窄谷地沉浸於山脈與夜色的幾重陰影。這是個靜謐之夜。鬼坐回其朗家院子角落的樹樁，天亮之前一直仰望夜空。他想知道昭和三年他病死後，到昭和十七年加賀號沉沒深海，這十四年裡蕉葉過著怎樣的生活。被桐生家拒絕之前，在東京求學一定很辛苦，但那當中也有充滿希望、愉快的時候嗎？從軍以後又經歷了什麼？加賀號被擊中的時候，是爽快乾脆死去，還是經過一番痛苦才沉入海底？

他想著這一切，喃喃自語的時候，只有趴在腳邊的黑狗聽見。

不知道還要經過多少個月相循環，再看多少次半月，你才會回來。但總之請你一定要回到京都，在當初告別的地方重逢。我會在西本願寺御影堂外等你。

蕉葉，平安回家吧。

十、大洋上的半月　　265

火塘夜色・趕路人的故事後記

不知多久以前，馬太鞍有一對夫妻和他們的小孩，以及妻子的母親，一家四口住在孤寂的竹林。每天早上夫妻外出工作，年幼的兒子就交給阿嬤照顧的孫子，又因為許久沒吃到肉，就把小孫子放在鍋中煮成肉湯。傍晚孩子的父母回家，找不到小孩，逼問之下，阿嬤終於坦承那鍋肉湯的來歷。孩子的母親，也就是阿嬤的女兒，震驚傷心之下，將煮得滾燙的肉湯潑向阿嬤，把阿嬤燙死了。一段時間之後，家裡突然來了一隻穿山甲，自稱是阿嬤變成的。

這是許多年前在馬太鞍聽說的故事，初聽時百思不得其解，這寓言般的故事究竟要說什麼？有人說，這故事說明獵人無獲會導致家庭悲劇。有人說，這是在教導小孩辨認穿山甲腳印。也有人說，這解釋本地人何以不吃穿山甲。更有學問的人會說，這突顯資源有限社會的代際衝突，以恐怖的倫理悲劇設下同族相食的禁忌。

多年後我才醒悟，我們的故事不見得有意義，或寓意。除了必須代代相傳的祖源口述，其他故事都是當下的產物。往往在一個火塘邊，人們聚集閒談，任何人都可以說個故事，或許是前日聽來的笑話，或許是精心設計的訓詞，那當中也可能夾雜阿嬤吃掉孫子、女兒燙死媽媽的穿山甲奇談。故事承載想法和情緒，情節不見得是重點，在群體中說故事，被聆聽也聆聽他

人，不直言卻能交流感受，才是說故事的精神所在。

就像我們的虛詞歌謠，有限的音節，循環往復的曲調，卻能表達無限的感受，一人起唱，其他人可以接續，合唱，甚或反詰。

有此頓悟後不久，我從歷史研究轉向小說，在書寫氾濫的時代實踐我們的說故事傳統，試圖以文字承載口傳的精神。至今我寫過的每一部小說，最重要的不是情節，而是文字鋪陳的故事作為一個整體所構築的感受，以及隱含在那些感受裡，始終不直接說出來的想法。

《蕉葉與樹的約定》也是如此。乍看取材自能高野球團，實則並非本於文字記載、關於歷史（rekishi）的故事，而是植根於個人記憶與情感、關於曾經（inacila）的故事，是我作為太巴塱與馬太鞍的孩子，對家鄉的思索與回饋。雖然小說以中文寫成，這情感最具體表現於小說的阿美語書名：Makaketonay to paloma'，相互承諾帶彼此回家。這動詞型態顯示，彼此承諾造就一種人身狀態，承諾像淹沒陸地的水那般淹沒承諾的人。於是懂得這語言的人會同意，這故事只有一個結局，就是已經返家的樹再度離家，只為了走那條和蕉葉一起回家的路。也是在同一個語言邏輯下，回憶與重做（rikorar）是同一回事，說一個關於回家的故事，就等於回家。

不過，小說雖是作者的獨白，也可能是一面觀照之鏡，讀者大可在閱讀過程中將故事「據為己有」，以自己獨特的理解，賦予故事別樣生命。

一如我們說故事的火塘，只要還有人開口，夜風裡翻騰的星火就永不落地。

268　蕉葉與樹的約定

別再貪看
彎月涼風趕路人的夜色
仲夏野地睡著朝顏的花
一路行來
藍綠參差水田最窈窕的倒影
綴界的檳榔樹已然一頭霧水
等待破曉時分有人一溜而上
當月亮落入水渠隨魚流去
青果一顆顆恰似微醺面孔
將熟未熟在高處期盼
趕路人搶在日光之前抵達
他說此行為裝滿想念的口袋

鏡小說 081

蕉葉與樹的約定
Makaketonay to paloma'

作者	Nakao Eki Pacidal
責任編輯	陳孟姝、江炫霖
責任企劃	藍偉貞
整合行銷	何文君
總編輯	董成瑜
執行總編輯	張惠菁
副總編輯	陳信宏
發行人	裴偉
裝幀設計	朱疋
內頁排版	宸遠彩藝
出版	鏡文學股份有限公司
地址	114066 臺北市內湖區堤頂大道一段365號7樓
電話	02-6633-3500
傳真	02-6633-3544
讀者服務信箱	MF.Publication@mirrorfiction.com
總經銷	大和書報圖書股份有限公司
	248020 新北市新莊區五工五路2號
電話	02-8990-2588
傳真	02-2299-7900
印刷	漾格科技股份有限公司

出版日期　2025年07月 初版一刷
　　　　　2025年10月 初版三刷
ISBN　978-626-7739-03-7(平裝)
定　價　470元

國家圖書館出版品預行編目(CIP)資料

蕉葉與樹的約定 = Makaketonay to paloma'/Nakao Eki Pacidal著. -- 初版. -- 臺北市：鏡文學股份有限公司, 2025.07
272 面 ; 21X14.8公分. -- (鏡小說 ; 81)
ISBN 978-626-7739-03-7(平裝)

863.857　　　　　　　114007023

版權所有，翻印必究
如有缺頁破損、裝訂錯誤，請寄回鏡文學更換